中国文学名家小小说精选丛书

一场南辕北辙的爱

魏东侠　著

江西高校出版社
JIANGXI UNIVERSITIES AND COLLEGES PRESS

南　昌

图书在版编目（CIP）数据

一场南辕北辙的爱 / 魏东侠著 . -- 南昌 : 江西高校出版社 , 2025. 6. -- (中国文学名家小小说精选丛书). -- ISBN 978-7-5762-5586-7

Ⅰ . I247.82

中国国家版本馆 CIP 数据核字第 202441FF69 号

责 任 编 辑	盛天涛
装 帧 设 计	夏梓郡

出 版 发 行	江西高校出版社
社　　　　址	江西省南昌市新建区工业二路 508 号
邮 政 编 码	330100
总 编 室 电 话	0791-88504319
销 售 电 话	0791-88505090
网　　　　址	www. juacp. com
印　　　　刷	鸿鹄（唐山）印务有限公司
经　　　　销	全国新华书店
开　　　　本	650 mm×920 mm　1/16
印　　　　张	13
字　　　　数	160 千字
版　　　　次	2025 年 6 月第 1 版
印　　　　次	2025 年 6 月第 1 次印刷
书　　　　号	ISBN 978-7-5762-5586-7
定　　　　价	58.00 元

赣版权登字 -07-2024-972

序

想过找人作序。找个名人，把自己抬高，显得能耐一些。

又一想，算了，那不是属于我的高度。

如果想飞，就自己想办法长翅膀。

如果不想，靠别人拎着，反而受罪。

以一首发表在《扬子江诗刊》上的诗歌代为序吧。

◎ 我看了看她

那个叫魏东侠的中年女人

搂着太阳不肯撒手

她脸上有斑

心里有光

同时

我看见了跟踪她的阴影

我着急地想拥抱、提醒、嘱咐、批评……

最终我变成另一轮红日

我照着她

用温暖讲给她听

2024 年 10 月 18 日

CONTENTS
目 录

一场南辕北辙的爱

◀ 感恩的心

　　李一并不是真想从王叔家借到钱，多少年不来往，加上这满屋子看上去比王叔都要老的陈设，更不抱希望了。王叔一连说了五次"按说……"，就表明他压根也没打算借钱给李一。这样，双方交谈的宗旨基本统一，不过借此叙叙旧罢了。

　　为表示礼貌，李一冲白胡茬上沾几片唾沫的王叔不时笑上一笑，这种笑很生涩，毕竟隔着几十年的距离，上次见面他只有五岁。低头喝一口粗茶，真粗，一根干柴棒一样的家伙混进口中。他有些尴尬，不知吐哪儿，余光搜寻半天没找到烟灰缸和垃圾桶，只好嚼巴嚼巴咽了，留下满嘴苦涩。王叔还一句连一句抻面条一样往外倒扯呢，夹叙夹议，手势不断。李一是个出租车司机，向来对坐着敏感，大夫说他坐骨神经出了问题，腰椎间盘突出严重，建议没事的时候别老一个姿势，尽量多溜达。李一想，我这会儿能起来溜达溜达吗？大夫也都是坐着说话不腰疼的主啊。走神的工夫，王叔的老伴一脸慈祥地蹒跚过来，双手掂起茶壶往他水杯里蓄。王叔的话没逗号，王婶自然不便出声，李一抬眼对王婶道谢，王叔才算顿住，似在等他，像一个负责任的老师，生怕自己的学生落下关键词从此跟不上节奏。李一感觉自己的脸都快笑麻了，便有些恼火，不借给钱也就罢了，还这么多废话，真是……他已变换好几次坐姿，屁股还是越来越难受。

"记得那是四十五年前……"王叔的这句话导火索般点燃了李一的满腔怒火，他有义务听这些吗？！那时他还没出生呢。他是来借钱的，是向爸爸口口声声施过恩的小兄弟借钱的！当然，爸爸并不知道他来找王叔借钱，他也没想过某天会跑到遥远的平和县来，从河北的衡水，到福建平和，可以说，如果不是到隔壁市参加老同学二婚婚礼，他都怀疑自己疯了。

他有一堆朋友，隔三岔五地聚，劣质酒，劣质烟，几个家常菜，不图别的，就图哥几个痛快。大家酒桌上几乎都拍过胸脯，发誓弟兄们谁有了难处，定会拔刀相助，两肋插钱。

爸爸是退了休的部队干部，政治理想和革命思想是他骨子里的东西，他希望儿子除了吃喝也继承一下他的"财富"，可儿子小富即满，没更高奢望。爸爸在部队当过指导员，政治理论一套套的，这使得一天兵没当过的李一，感觉像打了半辈子仗一样，对军人那套厌烦到了极点，进而对老爸厌烦到极点。他喜欢轻松的存在，就像几个牌友或酒友的扎堆胡砍，推杯换盏，多惬意！

这种惬意在老爸瘫痪后不久便告终了，自然而然地，再没人约他。哥几个也曾买了几样食品奔医院看望老爷子，安慰李一。都怪老爸无中生有的试验吧？老爸说，考验你朋友的时刻到了，李一，你去管那几块货借钱，我敢保证，不光钱借不到，朋友也做不成了。

借钱干吗？咱又不是没有。

借的是心，人心！

李一不服，但也觉得正好趁机堵老爸嘴，便答应下来。

"感恩的心，感谢有你，伴我一生，让我有勇气……"电话铃声骤然响起，相当于救了李一一命，他兴奋地站起来说，不好意思，我接个电话。

王叔停在半空的手又举了数秒，才没精打采地落下来。其实他也累了，轮椅并不比沙发舒服多少，他挺了挺后背，转了转脖子。

电话是李一媳妇打的，说爸病情恶化，叫他快点回去。

李一终于不用听王伯伯的陈年旧事了，他要赶回去纠正老爸，是，我那群狐朋狗友一个仗义的没有，可你所谓的兄弟也并非你想的那样。这么一想，都要窃喜了，他张了半天嘴，不过才借一万，结果一分钱没拿到，多有意思。按说……条件再难几百几千也是有的吧？

李一进屋拱手告辞。

"按说……"王伯伯第六个按说有点哽咽，"我该亲自到衡水看看，可我这腿……老伴——"他朝里屋喊了一嗓子，王婶拎进两个大袋子来。

"一些土特产带给你爸，"王叔红了眼圈，"按说……大侄子跑这么远来，我们怎么也得……"王婶赶紧把一个厚纸包塞给李一，"可咱家条件太差，只筹到六万八，等再有了，我给老哥寄去。"

李一险点没接住，泪汹涌而出。

◀ 取 舍

姥姥家有一面神奇的镜子。她总是锁着那面镜子。

一天深夜，七岁的淑娴梦中到处找厕所，等厕所终于找到，她醒了，小身子正泡在一片湿热中。

她那声"姥姥"还没叫出口，就听见有人悄声说话。转头看去，她看到了那面镜子。镜子一面是姥爷，一面是姥姥。

"谁不听话告诉我。"姥爷说道。

"老大不听话，一点儿也不孝顺。老二很懂事，知道疼我。闺女更是没的说，又孝顺又……"

"闺女就不要提了。"

"到了那头还没改，还这么重男轻女。"

"不说这个了，我帮你治老大，你就放心吧，老婆子。"

淑娴激动地叫了声："姥爷。"

姥爷立刻不见了。姥姥急着锁镜子，并慌乱地哄着她说："又做梦了吧？你姥爷不是头年就走了吗，哪来的姥爷？快睡觉快睡觉。"

"湿。"

姥姥只好把锁好的堂柜重新打开，拿出一条小褥子给她换上。

从第二天开始，大舅就无休止地头疼，多少大夫都看了，多少方子都试了，不管用。

淑娴悄悄对大舅说："姥爷治你呢。"

"滚——"大舅一向看不上这个瘦小枯干的丑丫头。

"姥爷嫌你不孝顺。"淑娴撇着嘴想哭。

"滚——"大舅声更大了。

正这时，姥姥赶了来。姥姥指责大舅不该吓唬小的，不疼老的，照这样下去，脑袋以后会更疼，像上了紧箍咒。

大舅捂着头抱怨："她竟敢拿死人威胁老子！"

姥姥纠正说："死人是你老子！你是她大舅！"

又过了半年，同样的事情再次发生。淑娴半夜找厕所，梦未醒，尿先流，然后借着月光，看到了镜子，看到了镜子后面高大的姥爷。

"还不听话吗？"

"非但不听，最近还老骂我。"

"给你粮食不？"

"不给。我吃的都是老二家的。"

"钱呢？"

"都是闺女给。"

"太不像话了！难道他不怕头疼？"

"老头子呀，求求你再让他疼厉害些吧，他有好些天没说头疼了。"

淑娴没敢出声，一动不动地忍受着身子底下由湿变干，由热变凉。

又过去俩月，淑娴又听到姥爷姥姥在半夜对话。

"听话了吗？"

"非但不听，最近还对我动了手。"

"这个混蛋，他敢打你？！我会让他浑身不自在。"

果然，大舅第二天就下不来炕了，疼得直冒汗，直打滚，直骂娘。

姥姥心疼了，哀求大舅说："儿啊，你爹走了快两年了，你还没给过我一粒粮食。兴许，你给我一布袋粮食，你的病就好了。你就给娘袋粮食吧。"

"没有。"

"半袋呢？"

"没有。"

"有多少？有多少娘都担待，我对你兄弟对乡亲们对你爹，也算有个说法。"

"一勺，不，一粒余粮都没有。我这一病，你就更甭想了，还是指老二吧。"说完疼得昏死过去。

这次大约只过了一个月，姥姥就取出了那面镜子。

"怎么办呀老头子？老大瘦得只剩皮包骨头了，浑身疼得要死要活，我不能眼睁睁看着自己的亲骨肉活活疼死啊。"

"你疼他，他疼你吗？"

"天下只有不孝的儿女，哪有狠心的爹娘啊？"

"唉，好吧。明天他就没事了。"

淑娴第二天去大舅家看，大舅果然哪儿也不疼了。

姥姥又来找大舅，弱弱地问："老大，你病也好了，粮食的事……"

"你是亲娘吗？我刚一好，就来催，逼债似的。"

姥姥只好等几个月再去找大舅。结果大舅以媳妇不让给为由断然拒绝了。

就在这节骨眼上，身强力壮的二舅毫无征兆地去了。得到消息，姥姥一下停了呼吸。

当夜，姥姥急急地把镜子翻出来骂："死老头子！快滚出来！老二招你惹你了？！那么好的孩子啊，你要他命！你到底是不是他亲爹？！"

"我很孤独，这里很黑。"

"那你可以把老大带走啊。"

"万万使不得，他来了，还不把我气死呀！"

"你已经死了，还怕死啊？"

"但我怕生气，不想天天守着个不孝子。"

"我还不想守呢。"

"也是哈，这可怎么办？"

"要不，你把老二还阳，我去陪你？"

淑娴吓了一跳，本能地叫了声："姥姥。"姥爷再次人间蒸发。姥姥吓得慌忙藏镜子。定是太慌了，镜子没落进堂柜，摔在了坚硬的地上，顿时一声脆响，碎了。

◀ 想让人记住

　　我有两个爱写作的朋友。一个特别爱打扮，叫红红；一个特别不爱打扮，叫默默。

　　其实我真的不能理解默默。你再如你的名字般默默无闻，再低调再俭朴，去省里参加那么大规模的笔会，也该换身新衣服吧？她偏不，就一件穿了 N 年的格子衫，爱谁谁。

　　不过我也不能理解红红。每逢参加这样的会议，她都要各大商场转遍，从头到脚从里到外来个焕然一新。这也太夸张了！多少钱姑且不论，得搭多少精力多少时间啊？我劝她别这么大动静，她神秘一笑说："要想让人记住，必须舍得行头。"

　　我明白了红红想一夜爆红的想法，便默默着起急来。这个默默，永远和世界无关的样子，照这样下去，红红大红大紫的那天，估计她还是无名小卒呢，这毕竟是个以貌取人的年代嘛。

　　但默默不听，非认她的死理。

　　她们俩也真有缘分，总有机会一起参加笔会。大概去省里七八次之后，红红红着眼找我哭诉："你说怎么回事吗，格格？

怎么我费了那么多心思打扮，却没几个人记住我，而默默永远一件格子衫，却有那么多人第一时间叫出她的名字？"

难道这世界变了？我也百思不得其解。

后来我问默默，让人记住有什么窍门没有，并把红红的苦恼一并告诉了她。

默默笑笑说："格子衫成了我的象征，大家一看见格子衫就知道是我。红红每次穿得都不一样，大家自然老是弄不清她是谁。"

有道理！看来还是人家默默有心机。

本来这事就这么过去了，偏偏有了一次我们仨同去开笔会的机会。

红红吸取了以往的教训，把服装定位成她名字的颜色。为此我有点恼恨默默，我叫格格，她却把我该穿的衣服占了，害我只能另辟蹊径。经过反复思量，多方问询，我决定穿花衣服，热闹，喜庆，和我的性格匹配，也容易吸引大家眼球。

一到培训地，我就领略了红红的每一次尴尬。大大小小的文友都激动地叫着："默默，默默。"后来男男女女的文友都过来敬酒："默默，来，敬你。"就好像我和红红是空气。

一成不变的格子衫好有魔力啊！我暗想，红红的红裙子，我的花衣服，不知再开几个笔会才能被人记这么牢靠？但愿快一些，不然太没面子了。

晚上，按照主办方安排，我和外市一文友同寝室。刚一互通地址，她便默默长默默短个没完。

我好奇地问她："你也非常喜欢格子衫吗？"

"什么？格子衫？我不喜欢啊。"

"你不喜欢默默的格子衫吗？"

"她穿着格子衫吗？我没细看。"

"那你是怎么记住她的？"

"当然是她的作品了。咱们写东西的，不看作品还能看什么？大家都是因为她作品好，才喜欢她记住她的呀。"

我立刻红了脸。默默也一定知道大家为什么能记住她，她不明说，是怕红红难堪。而我竟然也相信什么格子衫，作为一个写作者，简直愚蠢透了。

偷偷把默默的名字输入百度，一大串的国家级文学奖项跃入眼帘。看着自己刺眼的花衣服，想着红红造作的红裙子，我忍不住拿出一本始终也看不进去的名著，默默地读了起来。

◀ 借　钱

看着嘴角流血的张正，我恨恨地说："兄弟，我发誓，再也不往外借钱了。"

张正刚刚为我打了一架，确切地说，是为我借出去的钱打了一架，和不是东西的孙旺。

我们这一伙儿拜了把子，每天称兄道弟，吃喝不分，就连谁家死了人，大家都去披麻戴孝跪在灵堂一起哭。所以，当孙旺说他老娘需要动手术的时候，弟兄们纷纷倾囊相助。因为大家条件都不是很好，掏的钱数都很微不足道，有一百的，二百的，最多的掏了五百。孙旺哭着趴在我肩头说："大哥，还差得远呢。"

我一狠心，跑到信用社贷出两万块钱来塞给孙旺。孙旺哭得更凶了，说："哥，我记你一辈子。"

五年过去了，弟兄们还在隔三岔五地聚会，发了财的孙旺却从来不提还钱的事，就连每年的利息都是我在默默承担。

张正看我的日子寒酸到一定程度，便忍不住伸张正义。但孙旺一歪脖子说："有你他妈嘛事啊？"骂完借着酒劲上去打了张

一场南辕北辙的爱

正一拳，打得张正直接从椅子上趴在了地上。

所有的人都不愿意了，大家一哄而上，扯过孙旺边骂边打。说你他妈孙旺也太畜生了，借债还钱，天经地义，更何况咱大哥那是贷来的款呀，这世上有几个肯为你贷款的人哪？叫你丧良心！叫你丧良心！

丧良心的孙旺被打得落花流水，像丧家犬一样落荒而逃。

"我们怎么交了这么个败类朋友啊？"

"瞎了我们的狗眼！"

"今后，谁他妈管我们借钱我们都不借！"

"对对，不借，不借，谁借谁他妈孙子！"

"尤其大哥你，再也别往外借钱了。"

"好，不借，借就打欠条。"

大家最后拿孙旺没办法，却达成一项协议，就是以我为反面教材，再也不借给任何人钱了，如果非借不可的，也必须打欠条，省得碰上像孙旺这样的，告都没证据。

本来我媳妇是不知道这件事的，我不告诉她，是因为我怕她饶不了我。

打完架回到家，我的酒劲上来了。我喝多了没吐过，但比吐更可怕，我在吐心里话。我和媳妇坦白了一切后，便沉沉睡去。

媳妇在我醒来的第一时间就下了死命令："三天！三天要不回来钱，离婚！"

我正发愁孙旺那副无赖嘴脸，电话响了，母亲在电话里说："你快回来吧，你爹病得厉害。"

爹的病确诊了，胃癌，必须马上做切除手术。

我媳妇哭成了泪人。她没那么孝顺，她是愁钱。我是独生子，老人的手术费一定得我们掏了。而眼下我们还有另外一桩难心事，孩子刚拿到大学录取通知书。

张正他们几个来医院看老爷子，孙旺没来。唉，这钱借的，真是人财两失啊！

张正说："大哥，我们是有备而来，给，这是弟兄们凑的十五万块，先用着，不够再说。"

我感动得一时不知说什么。趁我媳妇和他们又诉苦又感恩的空，我写了一张欠条。

张正接过欠条看了一下，说："大哥你这是干嘛？"

我红着眼圈说："我不能破了咱才立下的规矩，这就够感谢弟兄们的了。"

张正一把将欠条撕了，说："大哥，你当初能为孙旺贷款，就是拿我们当亲兄弟了，我们要是连你都信不过，那还是人吗？"

弟兄们也七嘴八舌地说："大哥，一听说你有了难处，大伙都没商量，就都带着钱来了。"

我说："我总得知道你们每个人谁借了多少，过后我好还呀。"

张正说："弟兄们都说好了，这钱不用还。"

我说："那不行。"

"怎么不行？当初大哥是怎么借给孙旺钱的？我们可都记在了心里。哥几个都相信，换作我们任何一个，大哥也都会这么帮的，对吧？那么反过来，我们是不是也该回报一下大哥你？"

"这？"

"大哥你就拿着吧，换句话说，孙旺不还钱，你就当捐了，我们这钱，你也当是捐的好了。"

"别别，还是算借的吧。"

"不行！"哥几个异口同声。

"为嘛不行？"

"因为，咱不说了嘛，谁往外借钱谁孙子。你想占便宜啊？"

我想笑一下，泪却不争气地流了一脸。

◀ 请问你是推销什么的

我正对着电脑愣神儿，门铃响了。郁闷哪！谁这么讨厌，大礼拜天的还不让人静会儿？

我不得不让这位二十出头的清瘦小伙子进来，他说他是我上司某某的侄儿。

小伙子说："阿姨，我是来推销的。"

我立刻叫他打住，这年头，上门推销的都是骗子。

小伙子说："阿姨，您一定以为我是骗子吧？"

我说："没有没有。"

小伙子说："那您是嫌东西贵？"

我只好说："一般情况下我还真是嫌贵，请问你是推销什么的？"

小伙子开始滔滔不绝："阿姨，推销什么并不重要，重要是您的态度，不能把钱看得太重，生不带来死不带走的，该花的时候一定要舍得。我问您一句话哈，药贵吧？可为什么人们还买呢？因为生病了，不治就得死。请问如果您的家人不舒服，你会不会买一些沙子呀水泥的给他吃？肯定不会。虽然那东西便宜，可那不能治病对吧？既然生了病知道什么贵买什么，为什么不现在缺什么补什么呢？补品并非只限于中医说的粗粮呀、蔬菜呀？现在的中医一看养生节目火了，坐在电视上胡说八道，说喝绿豆汤可以治百病，可人照样死，绿豆的价却飞上了天。什么东西也不是万能的，阿姨您看，一天吃20斤芹菜降的血压，还不如一粒营养药，现在的营养药，技术含量老高了，都是中西医共同研发的结晶。当然阿姨，您别误会，我可不是推销营养药的，我是说这么个理儿。什么有用？什么没用？一定要拿捏好。花100块钱买瓶儿化妆品，您的脸显嫩了，咱就没白花。花一块钱买小商小贩的处理食品，中毒了，您花的就是冤枉钱。东西贵？咱可不能怕贵。贵人才用贵物，钱敢花才会挣。贵贱就一个'值'字，您认为值，一万块钱都是便宜，您认为不值，十块钱您都说上当了。"

我听得一头雾水，不耐烦道："说了这半天，请问你是推销什么的呀？"

小伙子礼貌一笑道："阿姨不耐烦了吧？"

我打了个哈欠说："没有。"

小伙子瞅我一眼说："阿姨，您戴耳坠了吗？"

我点头。

小伙子说："买的时候觉得贵了吗？"

我想了想说："老公买的，没觉得贵，只觉得幸福。"

小伙子扣题："是的阿姨，这就是物有所值。您不会因为它小而觉得不值，也不会因为它轻而觉得不值，您反而还会因为耳朵上坠满了爱情而倍感甜蜜。"

我由衷地说："是的。"

小伙子更来劲了："您还会以贵贱去排斥我们搞推销的吗？"

我说："当然，如果花同样的钱，能买到更大更重的东西，不是更好吗？"

小伙子一笑道："阿姨这话就错了。如果您有这样的想法，那为什么不挂两个秤砣在耳朵上？"

我忍不住哈哈大笑。

小伙子说："阿姨您一笑真好看。我就知道您是个通情达理的人，您不会拒绝一个刚走出校门，刚学会推销的年轻人的。"

我说："好吧，您推销什么，阿姨就买点什么。也真难为你了。"

小伙子激动地说："阿姨，您说的是真的吗？"

我点点头。

小伙子说："太好了阿姨，我什么东西也不推销，我是来推销我自己的。"

我大惊："什么？开什么玩笑？"

小伙子说："阿姨，其实我不是某某的侄子，我是前些天发应聘资料到你们公司的张天磊，就是您回复嫌我要的工资太多而拒绝让我面试的那个。您还记得吗？"

印象太深了，这小伙子的简历我非常满意，但当我看到工资一栏时，吓了一跳，这狮子大开口张的，比我的工资都要高，岂有此理？

上司非常着急，我也非常着急，我们公司的销售部业绩这季度下滑非常厉害，就缺一个全才的经理快速打理。只是，太可惜了。

小伙子说："阿姨，我真的不是眼高手低、唯利是图的人。我母亲病了，肾衰，需要换肾。如果不是急着用钱，如果不是你们公司开出的条件相对优惠，如果不是我母亲没人照料，我就不会辞掉上海的工作，跑到咱这小地方来发展了。"

我听了竟莫名感动，为这份孝心和真诚，也为他清晰的思路和雄辩的才能，我握紧他冰冷的双手说："张天磊，在阿姨这儿，你面试就算通过了！"

◀ 孟老板

从名片上看，他确实是老板，但我怎么看他，都像个土气的庄稼汉。

为了省钱，爸爸执意亲自粉刷我的书房，这就需要一根长杆。为此，我们专程驱车来到华伦装饰大世界。有几家门市倒是卖我们需要的长杆，可人家一卖一捆，20根，我们扛回家干什么？转到腿肚子发酸，转到比较偏僻的一家门市前，忽然一根长杆戳在我们的眼皮子底下。爸爸问那儿正收拾什么的瘦高男人，这杆子卖吗？

拿走！男人大手一挥，很男人地说。

这时正好一个二十出头的男孩从门市里出来，看到这一幕，大叫，爸，咱还用呢。

男人很不好意思地说，不好意思啊，要不等俺们用完了再……

这个男人就是孟老板。但是当时我们并不知道，大家只是陌生人，我们从没打算买他家东西，当然也不了解他家卖什么。

爸爸先没忍住，问，你家卖什么的？

男人热情地说，进来看看吧。

我抬眼看了他家门市名：中鼎集成吊顶。心里有点埋怨爸爸，吊顶已经定好了，我选了自己最喜欢的紫花图案，价已谈妥。他这样不管不顾进去，不是白白浪费时间吗？

爸爸指着一款和我选的质量差不多的吊顶问，多少钱一平方？

孟老板说，七十三。

什么？嘴巴几乎合不上的爸爸当机立断，就要你家的了。

我不高兴也没办法，因为比我选的便宜了近四十块钱。花色对我们来说就是奢侈品，没必要矫情。接下来又问浴霸和灯，他家都比别家便宜好多，理所当然，我们第一次主动交了定金，生怕人家反悔似的，后来想想简直不可思议。

直到孟老板和他儿子来我家安吊顶，我还是没办法拿他当老板。就是个农民。衣服脏，脸黑，一只眼不知受过什么创伤，满嘴的乡音。他儿子站在梯子上抬头望顶地忙活，他就负责打下手。我问，你不会吗？他老实作答，不会。这么一说看着有点儿像老板了，老板就该是动口不动手的。

爸爸跟孟老板商量，墙上需要装两个铁卡子，看你儿子……

我就会。孟老板抄起电钻随爸爸进了厨房。

打完两个眼，瓷砖末和墙粉一股脑扑下来，爆得到处是，孟老板的衣服更脏了。

还有活吗？孟老板举着电钻问。

爸爸急忙说，没了。这都不是你分内的。

庄稼人哪这么客气！孟老板憨厚地笑着，流露出庄稼人的本色，不动小心眼，拿力气不当好的。

一场买卖的结束很快的，他干完了活，我结完了账，大家重新回到各自的轨道。以为从此井河之水两不相犯，哪知还会再见面。

几个月后，负责煤气管道的来了，一努嘴又走了，说，少两个卡子，不给开。

赶紧下楼买，却找不着师傅安装。卖件的说，不好找人，管你要多少钱呢？怎么也得几十，人家还不一定愿来，再说也不一定有时间。总之，他先替所有安装工不愿干我这活了。

情急之下我拨通了孟老板电话。

没想到他答应得非常痛快，说，下午我找个时间过去。

果然，他来了，衣服还是不够干净，脸色还是没有变白，眼睛也还是不太明亮，但是他来了，我的心一下子暖了。

安装完毕，我有点心虚，孟老板，给你点工钱吧。

他急了，谁张个嘴都不容易，提钱干吗？我最烦现在的人们，动不动先说钱。

不知为什么，我差点掉下泪来，而且脸一定红了，在他面前，我觉得自己是那么的庸俗。

要离开我家了，他说，以后有啥活说话，你一个电话我准来。可能手底下有活随着过不来，但早会儿晚会儿的，我一定过来。还是那句话，谁张个嘴都不容易。

我噙住泪，挂上笑，谢谢你啊孟老板。说完这句又觉得自己很假，随口一谢，轻如鸿毛，就又补上一句，今天不忙是吧？

孟老板是个实诚人，不懂我这一问更是随口的厉害，认真解释说，忙啊。在某小区安完马桶，又到某小区安吊顶，还得到某小区安洗脸盆，都快忙死了。

那你怎么能这么快就来帮我安卡子？

我想吧，你一定急得没法才找的我，我趁儿子安吊顶的空，赶紧跑来先安你家这个了。

孟老板，你……

别叫老板，就是个庄稼人。他哈哈笑着走了。

他一再说他是庄稼人，可我倒越来越觉得他像老板，真正的老板。

◀ 模　仿

　　石海坡村那时候很穷，家家户户没多少余粮，一点东西都是好的。为此养狗的人家很多，好帮着下地时间看家呀。也有不少人家派小孩看家。

　　小米五岁了。娘说，小米，从今儿起，你看家。小米迷迷糊糊地看了娘一眼，不点头也不摇头，傻傻的样子。娘拉起小米往外走。

　　来到花大娘家门口，四岁的小燕子正在大过道的墙根下玩土。娘几步走过去笑着说，燕子——

　　小燕子一下站了起来，两只胳膊快速地伸开，两条小腿也紧跟着叉开，一脸紧张地喊，快走快走，俺娘不在家。

　　我去你家看看，想借点东西。

　　不行不行，俺家里没人。

　　你不是人啊？

　　俺还小，不借不借。你们快走！

　　娘对小米说，看见了吧？

娘和小米路过树爷爷家。刚到门口，就听见一阵暴脾气的狗吠，接着，从门洞底下杀出一条凶恶的大狼狗，吓得小米直往娘怀里钻。

别怕，米儿。看见了吧，狗都会看家，很容易的。娘对小米说。

小米瞅了瞅那个门洞，又瞅了瞅还在蹦着高大叫的狗，赶紧拉起娘走了。

娘下地去了。

建仁哥来了。

小米正在门口那堆土里盖房子，房子还没盖完，她身上的花格子粗布衣裳已沾了很多土，连手指缝里都塞满了土。她玩得太投入，猛一抬头看见来人，就不好意思地叫了声建仁哥。

建仁哥说，你娘不在家，你也家不去呀，哎呀，俺想借你家雨鞋呢。

小米想起了树爷爷家的狗，很神气地说，谁说家不去？俺能家去。

建仁哥不相信地看着她。

小米都顾不上拍身上的土，转身跑到门口，从门洞底下"出溜"钻了过去。

院子里砖砌的门台上摆着一双爸爸穿过的旧雨鞋，但是太脏太破了，小米提着鞋站了一会儿，又放下了。她忽然想起，自己床底下还有一双新雨鞋呢，那是爸爸工厂里过年时发的福利，都一年多了，她一次也没见爸爸穿过。

当新雨鞋交到建仁哥手里的时候，建仁哥高兴坏了，小米为此兴奋不已。

天要黑了，娘从地里回来了。

娘问，没来什么人吧？

小米就把建仁哥来的事骄傲地说了，气得娘一扭身奔到院子里抱柴禾做饭。

等娘再返回到外屋，竟高兴起来，雨鞋这不在门台上呢，你说说你这孩子，跟娘还练贫。

俺，俺借给他的不是这双。

啊？

床底下……

什么？你——

这时，建仁哥来还鞋。哇，鞋子好臭啊，上边沾了什么呀？原来是黑乎乎的猪粪。

建仁哥扔下鞋走了。

看了吧，啊，人家借雨鞋出猪圈去了，你个傻玩意儿倒好，从门底下爬进去也要借给人家东西。那双旧的也行啊，偏又爬到床底下掏新的。你爸这么长时间都没舍得穿呀，你连个商量头都没有就借给人家！两鞋粪！两鞋猪粪！你闻闻，闻闻，啊，人家都好意思不刷一下就送回来，这不是笑话你傻是嘛呀！你都快气死我了！快刷鞋去！今儿黑老别吃饭啦！

小米一边听着娘越来越刺耳的骂声，一边用大盆里的雨水一遍遍冲洗雨鞋上的粪便。

第二天，爸爸上班去了，娘下地去了，没有人再嘱咐小米看家，他们已经商量着要养条狗了。

可是，小米决定要看好家。她连门前的土都玩不下去了，就死死地守在家门口，像个哨兵一样认真地盯着过道，只盼着家里快点来个什么人。

终于，小青姑来了，亲切地叫了声小米。

小米一时有点紧张，平时小青姑常来和娘一起做针线活，没觉得怎么样过。但这次不一样，她赶紧站了起来，快速地伸出两条小细胳膊，使劲叉开两条小腿大喊，快走快走，俺家里没人，俺不借给你东西，俺不能从门洞底下爬进去，俺还小，不借不借，你快走啊！

小青姑一脸茫然，莫名其妙地问，俺说借东西了吗？俺不借东西呀。小米，你这是怎么了？

小米一时语塞，竟双手抱住脸，呜呜地哭了起来。

◀ 南红手串

第一次发现张姐的手串，我像见了久别重逢的亲人般惊叫一声："太漂亮了！"

张姐说："你要是喜欢，就多看两眼。"

我嘴一歪笑道："以为你说，你要是喜欢，就送你啦。"

张姐哈哈大笑。其他人也哈哈大笑。

这是一间茶室。张姐好客，我们几个常来。

再聚会，我像着了魔，总想摸一摸张姐的手串。颗颗珠子红得那么醉人，不是那种艳压群芳的红，而是舒服到心里的红，看不够。张姐呢，也喜欢我当着众人的面夸她手串。她几乎不怎么戴，好像就等着我去，我摸，我夸呢。

李姐说："这么喜欢，干吗不买一串？"

于是拍照到购物平台搜索。页面上出现一堆相关链接。和张姐这串最为相似的一串，标价两千多块钱。我吓一跳，立刻觉得和这货缘分也没那么深厚。

张姐轻描淡写地说："我这串还要贵一些，保山南红哑光塔珠，看，色红肉润吧，这属收藏级别。"

"你怎么舍得买这么贵的手串？"我问她。她穿着单位几年前发的工作服，怎么看也不像追求奢侈品的人。

"别人送的。"

"谁送的？"

她笑而不答。我便不好老追着问。

大概在第十三次聚会时，我照例把玩手串，她们照例喝茶、畅谈。后来我去了趟洗手间，回来坐下再没动手串，和她们一起聊天。

茶话会散了大概半小时，小群里张姐@我："侠妹，看见我手串了吗？"

"就在你写字台上。"

"怎么没有？"

"不可能，当时我还盘了好一会儿呢，你再找找。"

"从你们走了就找，怎么也找不着，屋里家具都挪两遍了。"

我一听慌了，不用说，我分明是第一嫌疑人呀。

我说："你等着，姐，我这就过去。"话毕，我把自己的背包里里外外翻了个遍，又验了胳膊，查了衣兜，这才确信手串不在我这里。

到了茶室，我瞪起300多度大近视眼，拉开地毯式搜索。结果只搜出个寂寞。平时一脸笑的张姐此时满脸阴云密布，眼睛里写满怀疑，房间里全是我俩相互埋怨的喘气声。眼看到了午饭时间，谁请谁呀？谁吃得下？

忘了是怎么不欢而散的了。回家后我又画蛇添足在群里问了句："兄弟姐妹们，是不是谁跟张姐开玩笑藏起来了？这种玩笑可开不得呀。"

群里死一般沉寂。

我平时干吗那么手欠！这倒好，她们一定怀疑我呀，我都要怀疑我是小偷了。

一下午我都活在纠结中——给张姐买一串吧，冤死了。不给张姐买，怎么像欠了她。

谁能证明我的清白。忽又想，张姐是不是贼喊捉贼。不，如果她讨厌我，不想让我去茶室，就不会每次电话相约。

那就是有人偷了张姐的手串，反正有我背黑锅，正好栽赃。谁呢？可真真是气死个人。我开始挨个寻思。越寻思越觉得她们个个是贼。

临近黄昏，张姐来电话说："魏东侠，你再找找，你那儿到底有没有？会不会拿错？"

交情到这儿，也就没什么可说的了。

晚上睡不着，随手打开朋友圈，张姐发布的几张图片映入眼帘，我顿感后背发凉——今儿下午他们又聚会了。又聚会没什么，关键没叫我。这可是从来没有过的事情。

一股羞愤之情涌上心头。

他们在一起会说什么呢？

能说什么？

我真想一气之下把自己的手剁下来喂狗，气性再大点，我都不想活着了。

一夜无眠，彻底明白了死不瞑目的感觉。

一上午痛苦。痛苦一下午。

又到夜里了，还是睡不着。

忽然，电话响起。张姐。

我犹豫着接还是不接。终是接了。

"侠妹，找到了找到了。"

"啊？"

"嗨，原来就在我胳膊上，好久不戴，都忘了这是胳膊上的玩意了。这会洗澡才发现，真是虚惊一场。"

天哪！我几乎要哭出声了，并暗暗发誓，以后别人再好的东西，也绝不多看一眼，更不会随便动一下。

◀ 萍　聚

　　在熙熙攘攘的闹市中，能碰上一个三十年不见的小学同学，我不知这是个什么概率。反正那天，我碰到了我小学四年级的同学小圆。小圆四年级之后就告别校园，开始走江湖。我却又和学校较了十好几年劲，才出来。

　　当然，若不是小圆叫我，我还真没认出她来，和小学比，她足足胖出仨都不止，基本长圆了。

　　小圆见我第一句话就说："老同学，咱到哪儿吃点什么？"

　　选了家火锅店。伴随着火锅的热气腾腾，我们之间的感情也迅速升温。要知道，三十年隔了多少沟坎呀，别说心里话，连话都不知说什么。这下好了，趁着一团热乎劲儿，我们直接跨过岁月的距离，聊到当下。

　　"哪儿高就？"

　　"县财政局。"

　　"哇！财神爷啊！了不起！来，老同学，我敬你一杯。"杯中饮料被她一口吞下，"那，工资一定很高了？"

　　"还行，我考取了中级会计师，和工资一挂钩，比同事就高了，现在一个月不到三千。"

"什么？也太可怜了，还没我一天挣得多。"

"是吗？"

"当然啦。不过这么多年，你也该提干了吧？"

"办公室副主任。"

"可惜让正得压一头。"

"没正的。"

"哇！我天！老同学！来，我再敬你一杯！权力一族，该多任性！我有事就去找你，到时别装不认识啊。"果然，又一杯饮料葬进她腹中，"哈哈，我想起来了，正好我手头有个工程，需要你们局审批，你看……"

"是这样老同学，我不知我哪句话给了你错觉，我没权力，办公室不负责任何专项资金的审批，我帮不了你，还是我敬你吧。"

"哦，这样啊……报个单子啥的呢？"

"更不可能了。"

"福利高不高？"

"单位现在没任何福利。"

"看来管你借钱是没门了。老同学，多年不见，学会哭穷了。"

我仔细想了想我前边说的话，哭穷了吗？没有啊，我感觉我还一直在吹牛呢。

我说："小圆，是这样，我现在还有房贷呢。"

"看看看看，你们这些公家人，每天喝个茶水嗑着瓜子，借口加个班就三倍工资拿着，还欠银行钱，谁信哪？"

"加班也好，值班也罢，别说三倍工资，饭都没人管一顿。"

"不可能！"

"还有，我工资是较高，可我2005年考取的中级会计师，八年后才和工资挂钩。这都是幸运的。2006年过的职称，到现在都没挂上呢。"

"那，那你这班还上得什么劲呢？！"

"温水炖青蛙，习惯了。再说全县一个标准，也平衡。"

"不如辞职吧。没见网上爆料，'世界这么大，我想去看看'。"

"可辞职干什么？"

"干什么不行啊。"

"没这个勇气。"

"我认识不少你们这样的，都成一无是处的寄生虫了。"

"怎么能这么说我们？"

"挣得少，贪点胆小，你说你们这班有意思吗？"

"我倒挺热爱这个职业。"

"热爱？我看这些年的墨水都把你喝迷糊了。快出来跟我混吧，保你工资翻番。"

"这……"

"别这那的了，还待个破县，跟我到市里，给我当会计，咋样？"

我心一动，倒是解决了我们两地分居。

我激动地说："老同学，不管怎样，我再好好敬你一杯！"

我把饮料灌进喉咙，激动地问："你现在从事什么行业？"

"餐饮、房地产、橡胶、保险柜……七八个公司吧。"

"天哪！富婆啊老同学，我快敬你一杯。"就像先前没敬过。

"哈哈，凑合事。"

"你有小孩吧？小孩可生在蜜罐了。"

"一个男孩，才本科毕业。"

"真羡慕你儿子，一出校门马上就业，还能在自家随便挑，这才是真正的任性呀！老同学，我还得敬你！"

小圆不端杯，就那样奇怪地看着我，眼瞪得比她身子还圆，"什么意思，东侠？合着我儿子这么多年学白上啦？合着他就只能干我这种到处求人低三下四的行当？"

"那，那你的意思……"

"当然像你这样了，当个现成的公家人，又风光，又体面，人前一站多有面子。不过县财政局咱没进去，我给他找的县民政，估计快了。"

火锅下面的火已渐灭，我们也没了聊头，正好慢起身，快速离别。半路上，满腹饮料翻江倒海，然后变成墨水，变成酒，害得我不知不觉傻掉，至今都迷迷糊糊的。

◀ 一场南辕北辙的爱情

牛大军在教育儿子的问题上，就爱举例，爱旁征博引，谈古论今。

牛大军说："乐乐，你现在越来越爱撒谎了，那个狼来了的故事教训还不深刻吗？你看牛顿、列宁、毛泽东，就因为小时候勇于做一个诚实的好孩子，长大后都成了伟人。"

乐乐惭愧地说："我明白了，做人要诚实。"

这时奶奶冲乐乐招手说："来，乐乐，帮奶奶看看这张纸。"

乐乐跑过去一看，大叫道："奶奶，你得了癌症。"

牛大军吓得跳了起来："妈，别听孩子胡说。"

乐乐委屈道："爸爸不诚实。"

晚上，牛大军耐心解释道："儿子，做人首先要善良。我们不告诉奶奶病情，是善意的谎言。爸爸不是告诉过你吗？人之初，性本善，勿以善小而不为。"

第二天，乐乐汇报成绩说："我考了全班第二。"全家人欢天喜地，又炒又煎。班主任来电话说："你们家长一定要配合学校管理，不要再让孩子位居倒数第二啦。"乐乐面对一家人铁青

一场南辕北辙的爱

的脸，理直气壮道："妈妈心脏不好，爸爸血压又高，怕你们受刺激嘛。这是善意的谎言，我很善良。"

牛大军哭笑不得："善良？第一次听说学习要靠善良。难道你忘了我对你说过的勤奋典故？头悬梁锥刺股，凿壁借光，闻鸡起舞……业精于勤而荒于嬉呀！"

乐乐从此很勤奋，学习成绩也一路高歌。但班主任电话中的声音更不满了："牛乐乐光顾埋头学习，谁有困难也不帮，今天为灾区捐款，就他一人没捐，是不是太自私了？"

牛大军对乐乐说："还记得爸爸说过的那副对联吗？风声雨声读书声，声声入耳；家事国事天下事，事事关心。一心只读圣贤书可要不得，你一定要关爱集体，也关爱社会，热爱同学，也热爱祖国。只有心中有大爱的人，才能成就未来。"

乐乐回到学校，就把自己的全部积蓄都捐了。一千多块呢，班主任兴奋的声音，着实让牛大军的心疼了又疼。

牛大军不好直接谈钱，就委婉地对乐乐说："爸爸给你讲一个好听的故事吧。宋朝的苏轼被贬到黄州后，为了不乱花一文钱，他弄一块地自己耕种，还实行计划开支：先把所有的钱平均分成12份，每份又平均分成30小包，挂在房梁上，每天取一包，作为全天的开支。他还要仔细权衡，能不买的东西坚决不买，只准剩余，不准超支。积攒下来的钱存起来，以备意外之需。"

乐乐很聪明："我明白了爸爸。"

班主任在电话里骂道："什么素质？"

牛大军正莫名其妙，乐乐激动地说："爸爸，我捐的款又要回来了，够节俭吧。"

牛大军险些昏倒。

最近发现乐乐依赖思想特别严重，动不动就喊妈妈帮他做这做那。牛大军说："乐乐，做人一定要独立。你们课本上说，自己的事情自己做。拿破仑也说过：人多不足以依赖，要生存只有靠自己。孩子你要记住，只有独立自主的人，将来才会适者生存。"

有一天奶奶找不到拐杖了，让乐乐帮忙。乐乐说："自己的事情自己做。"牛大军气得想用奶奶的那根拐杖揍乐乐。

牛大军还是耐下性子道："乐乐，百善孝为先。古代郭巨埋儿奉母，吴猛恣蚊饱血，孟宗哭竹生笋，黔娄尝粪忧心……这些故事我都给你讲过吧？你一定要做个孝顺的好孩子呀。"

牛大军对乐乐还没来得及实施更深层次的教育，一场车祸结束了一个父亲的全部责任和义务。

乐乐在作文《我的爸爸》中写道：关于做人，爸爸总有举不尽的例子，但他一直举例不当。当然，因为我的任性和无知，对他那些例子也常断章取义，所以，没少惹他生气。比如……比如他最后举的例子，那些关于如何孝顺老人的例子，就举例非常不当。我亲爱的爸爸，他谈完孝顺，却又不给我孝顺的机会，抛弃了一家人，孤独地去了黑暗的世界。从此，再也没人同我举那些没完没了的例子了。可是，可是我真的很想他，想他说过的每一句话，举过的每一个例子。他不知道，那些例子我已活学活用，那些例子于我受益终生。尽管我曾经无数次笑他举例不当，但我深深明白，那已是一场南辕北辙的爱，而且，那份爱，将永不再来。

◀ 瞎二行的婚事

瞎二行如果不摘下墨镜来，那个帅气劲就甭提了，远看高仓健，近看费翔。当然这只是我凭着奶奶的述说想象的，具体嘛样，现在人都不在了，已死无对证。

瞎二行是我们村唯一留过洋的。他回来后，村里人没见到别的稀罕物，就发现一副墨镜。那时墨镜在全中国都不多见。本来他因为一只眼瞎，整张脸都狰狞可怖，但墨镜美化了他。

瞎二行学医归来，又变成了帅哥，他爹乐得不行，说得找个俊媳妇。

可令他爹失望的是，他相中了好多姑娘，他儿子却一个也没相中。

后来瞎二行承认，说我有意中人，就是邻家姑娘蔡淑慧。他爹便失了分寸，杀猪般嚎叫起来，你死了这条心吧，别说那姑娘长得不咋地，就是像朵花，咱家也不能要！

都多少年的事儿了？

多少年？我不死就门都没有！

我都不计较。

你不计较那是你窝囊，她当年要是把你两眼都打瞎，看你计较不？

那年七岁，几个小伙伴玩"手枪"游戏。手枪是用铁丝和车链子瓣组成的，弹药就是火柴棒。蔡淑慧拿着手枪比画，瞎二行瞅着她笑，谁知枪走火了，那么准，当场将二行变成瞎二行。

蔡淑慧家境贫寒，蔡老爹吓成了一摊泥，最后没有赔头，只好点头哈腰地说："我把我闺女赔给你家吧，等她大了，嫁你家二行。"

瞎二行的爹当场回绝道："看看门弟，照照镜子，肩膀一般高吗？滚！"

孩子是不记仇的，趁大人不注意的时候，瞎二行还找蔡淑慧玩，直到蔡淑慧的姑妈接她到东北读书。

瞎二行四处求偶的时候，蔡淑慧回来了。有了文化的蔡淑慧和普通村姑不一样，变得特别有气质。这天，蔡淑慧来到瞎二行家，说你给我号号脉吧，最近有点头痛。

村里有人眼尖，说你们没看见，瞎二行攥着人家蔡淑慧的手腕子，又摸又捏，真像耍流氓似的。果然，不久就传出瞎二行非蔡淑慧不娶的绯闻。

这回更有意思，蔡淑慧的爹也不同意这门亲事，他的理由是自己闺女这么好，怎能嫁一个瞎子？

在两家老人的反对声中，瞎二行和蔡淑慧生硬地举行了婚礼。村里没人参加双方父母都否定的婚礼，瞎二行结识的天主教那帮人便主动请缨，帮他们办了一场西洋化婚礼。好在两个人都有文化，都懂浪漫。

看到两家老人都恨不得弄死对方，村里人非常纳闷，这么大逆不道结婚的两个人，能幸福吗？大家都想听听墙根儿，看看人家这有墨水的一对新人，不顾爹娘反对的两口子，在洞房里到底说些什么？

窗外是密密麻麻的脑袋。屋里的灯光有点暗，但昏黄的灯光看起来还算温暖。瞎二行坐在炕前的一把藤椅上，看书，蔡淑慧拥着棉被半躺在炕上，看瞎二行。

瞎二行说："别看了，睡吧。"

蔡淑慧说："你也睡。"

瞎二行抬头一笑说："我不困。"

蔡淑慧叹息一声说："这样一嫁，我也算报答你了。"

"你肚子不舒服，早点休息吧，别胡思乱想了。"

"没事儿，我这会儿好多了。我从东北回来，就是为了嫁你，我常做噩梦，老梦到小时候拿枪对着你，就觉得对不住你。不然，我现在……我早就……"

"千万别做傻事。"

"你不上炕吗？"

"你快睡吧，我就这么坐着，守你一宿。"

"……"

"我知道你不喜欢我。"

"但我已经嫁了。"

"那又怎样？"

"那你又为什么娶我呢？

"那天号脉……我已知道……我？我只是……想让你肚子里的孩子有个爸爸，名正言顺的爸爸。"

天哪！窗外的脑袋一哄而散，轻轻地，悄悄地，生怕踩碎那一地白金一样的月光。

◀ 山里人

一

孩子放暑假，和同事相约，两家一同自驾游，到驼梁去看山水。

驼梁的山路实在太难走了。先不说车在公路上有多危险，我们亲眼看见两辆车拿着大顶停在路边的沟里；只说上到驼梁山山顶，我们就走了 3 个多小时，腿酸疼得几乎迈不开步子。

在驼梁山接近山顶的地方，有一些卖东西的山里人。都说景点的东西买不得，又贵又假，但我就是受不住诱惑。我在这边看中了一个手镯，就玩命地同人家讲价钱，正讲得火热，就听见我家先生也在那边讨价还价。我有些纳闷，他一向不在景点买东西的。

原来，他看中了一根降龙木，正同那位 60 多岁卖拐杖的老人理论呢。我走过去帮腔。老人要卖 30，说原来打算卖 50 的。我一听就知道这是商人的伎俩。我说 10 块，再多一分我们就走。结果老人看我们走出老远，也不叫我们。

我们忍着累爬到了山顶。真是天公不作美，下起雨来了。

雨不大，但路分明有些滑了，我们担心一会儿路会更难走，只好催促孩子们快点下山。

回程又经过卖降龙木拐杖的老人摊前。老人看到我们，主动说："小伙子，10块钱给你吧。"我家先生犹豫了一下，不过最后还是掏了钱。看老人满脸皱纹瞬间绽放的样子，我的心咯噔一下，琢磨，准上当了，不然人家怎么会这么痛快？

转念又想，不过是10块钱，出来旅游，1000多块钱的当都可能上，这点钱就算上当也算不了什么。自我安慰着一路下山，却碰到了不少对我们的拐杖感兴趣的人。

"你这拐杖真好，多少钱买的？"

"10块。"先生如实回答。

"怎么这么便宜呀？"

吃惊的人多了，先生便生出豪迈感，我也从上当的担心中缓了过来。

二

雨又紧了起来，把我们逼到一个凹石下避雨，那里还有两个四十来岁的山里人同样在避雨。

其中一个特别黑特别瘦的山里人抽着劣质烟问我："你手里这拐杖多少钱买的？"

"10块。"

他一哂说："不可能，像头上造型这么好的拐杖，至少40。"

听了他的话，我们一行所有人都为我的话做证。山里汉子瞪大眼睛说："那你20块钱卖给我吧。"他的样子不像开玩笑。

先生像发现了新大陆，望着他脚下的一大捆降龙木问汉子："你的？"

汉子答："嗯。"

反正也是躲雨，我就没话搭话："你这是打算去卖吗？"

汉子说："这哪能卖呀？还没加工呢。我得先背回家，用火烤，将皮剥掉，将拐杖头雕出形状，然后再背到山上去卖。"

我们半天没说话，风雨中那位老人肯定还在山顶叫卖呢，他是不是也是从高高的山上砍下这些木头背回家，反复加工后再背回山上？

我打破沉默问汉子："你们山里人种地吗？"

"我们没地，靠山吃山，只不过现在山上降龙木也是越来越难找了。"他这样说着，我打量了他一下：破旧的军装好像是20世纪五六十年代的，裤腿挽着，上边全是泥土，脚上一双布鞋，又脏又破。尤其他的手粗糙弯曲，指甲缝里都是黑泥。

我同事的先生只简单问了几句，就掏出15块钱又买了汉子一根未加工的降龙木。他大概觉得汉子不容易，想变相帮人家一把。可汉子并不领情，说："这是没加工，要是加完工，卖50没问题，你看这根拐杖多粗呀。"

"那你还卖？这不是赔本赚吆喝吗？"我笑问道。

"这不下雨了嘛。"

也是，山里讨生活不容易啊，上山下山几个来回才换取的这么点降龙木，因为下雨，就要贱卖。

看得出，我家先生内心已颇为不忍了。他悄悄对我说："一会儿再有人问咱们降龙木的价钱，咱们得说贵点，不然那些在山顶上做小买卖的山里人，就更挣不到钱了。"

雨小了，我们挂着降龙木继续下山，途中果然又有人问起了这根降龙木的价钱。

不善说谎的先生脸一红，脱口而出的竟是："人家要30，我们花40买的。"

对方一时没听明白，还在那里点头称合算呢，我们两家人哈哈大笑。

三

说着笑着，又走了一大段，过了一座细木桥，胆战心惊地走上去，不经意往下一瞧，天哪！下面万丈深渊！

弯弯绕绕走了很久，向迎面走来的人一打听："还一个多小时才能走出去呢。"这一刻，连精力充沛的孩子们都失声叫道："快累死了！"

我们又说到了那些山里人。山对于我们是一处美景，巍峨厚重，雄壮而温暖。但对于山里人来说，干点什么事都得翻山越岭，也许山就成了墙，堵在心里是冰冷，是无奈，是熟悉的陌生。

那位老人和那个汉子一样，一定是看着雨下个不停，天又越来越黑了，不想再把这么沉的东西背回家去，才把降龙木贱卖给我们。而我们，仅仅是10块或15块钱，当时却斤斤计较。

我们的谈论被后面一句问候打断，刚才避雨的两个汉子追上了我们。

　　汉子热情地问："走到这儿了？"

　　心里始终有些迷惑的我还追问："我们这根拐杖真值20？"

　　汉子说："40。"

　　我问："你刚才说愿意出20买，是真的不相信我们是10块钱买的吗？"

　　"开个玩笑呗，也知道你们是为了留个念想，多少钱也不卖。再说你都从那么高的山上扛下来了，怎舍得为了10块钱卖？"

　　"好多人都说我买得便宜。"

　　"那是，如果不是下雨，这个价肯定不卖给你。"

　　听着他轻松的话语，我也忍不住开起了玩笑："这么说我们可是帮了那位老人的大忙了，不然这么难走的山路，这么个天，他还得背回去。"

　　"哈，你这么想啊？俺们山里人还怕走山路？他是看下雨路太滑，怕你们走不惯出事。"

　　"你又不是他，你怎么知道他怎么想的？"

　　"那是俺爹。"望着吃惊的我们，他神气地说，"我一看你这拐杖就认出来了，这是前几天我才从山上砍的。"

　　天哪！原来是这样！我望着汉子，心中百味杂陈，连一声谢谢都说不出口了。

　　同事家的先生试探着问道："你贱卖给我的这根，也是怕我们下山摔着吧？"

汉子憨憨地笑着点了点头。与他同行的一直沉默的同伴慢条斯理地说："俺们山里人都这样，见不得别人有难处。"

我们的心都被这句话狠狠撞了一下，为自己以小人之心度君子之腹羞愧不已，先生最先回过神来，赶紧问本钱多少，非要再补一些。

汉子推辞着说："说什么本钱？都是白捡的。"

白捡的？他竟然说白捡的！难道山里人的血汗不是本钱吗？没等我们从酸楚与感动中回过神来，汉子早已背着他那一大捆降龙木大步流星地走远了。

◀ 真正的埋没

一阵风过，地上落满枯黄的梧桐树叶。又一阵风过，小院随之又铺上一层。陈子墨一直盯着那棵老梧桐树发呆。他想，哪一片叶子先落下来的呢？继而苦笑，我又何必去问谁先谁后呢？就凭它们这种"化作春泥更护花"的精神，就都很了不起咧。

就在这时，陈雅轩一声不吭地进了院子，然后连个招呼都不打，就直奔了自己的房间。

这还是我陈子墨的孙子吗？不行，是该好好谈谈了。陈子墨一脸痛苦。

儿子儿媳几年前死于车祸，老来丧子的痛几乎夺走陈子墨的命。可抬眼看看将要大学毕业的孙子，他又不舍了。为了守护陈家这唯一的命根子，他硬是咬着牙活了下来。

自从陈雅轩考取了国家公务员，爷俩的日子也算相当凑合。老爷子每天煎煎炒炒擦擦扫扫的，雅轩回来则说说笑笑写写画画的。

不知从哪一天开始，陈雅轩就不说话了。从无缘无故的唉声叹气到莫名其妙的行尸走肉，令这个院子变得死气沉沉。

陈子墨一直期待孙子能向他吐露心事，这样，他就可以耐心地开导他，安慰他，毕竟自己是过来人嘛！一天又一天过去了，孙子不仅没有向他倾诉的意思，到最后甚至都懒得再看他一眼。听说现在社会上得孤独症的人越来越多了，阿轩会不会……想到这儿，一向不苟言笑的陈子墨起身敲响了陈雅轩冷冰冰的门。

陈子墨担心地说："阿轩，今天无论如何要对爷爷讲，你究竟遭遇了什么，变成现在这副人不人鬼不鬼的样子？"

陈雅轩心虚地看了爷爷一眼，又急忙低了头忐忑不安。

陈子墨叹息一声道："爷爷老了，陪你的日子不会很多，爷爷多希望我的孙子开心地活在人世间呀。"

陈雅轩一怔，然后"哇"一声哭了出来。

爷爷，你知道吗？你的孙子在单位被公认德才兼备，所以我才满怀理想，希望靠自己的努力，大展宏图。可都多久了，在单位我依旧是呼之即来挥之即去的角色。而比我去得还要晚的局长的外甥，那么平庸的一个人，也提了科长。人家有关系，我也认了，可那个和我一起被聘的苗永青，一副蝇营狗苟的样子，竟早也提了主任。可我呢？一直就这么不明不白地埋没着，我心里苦啊！

陈子墨听到这儿反而笑了，还真是我陈子墨的好孙子呢，不想当将军的兵不是好士兵！不过阿轩，你还这么年轻，机会有得是嘛。

陈雅轩泪痕未干。我现在是没爸没妈的孩子，要不是还有爷爷需要守护，我甚至都不想活在这个世上了。你说我还年轻？年轻什么呀？爷爷像我这年纪早就是将军了吧？

陈子墨的思绪一下子回到了战争年代。是啊！可我这个将军是多少弟兄的命托起的呀！

陈雅轩不解地看着爷爷。

阿轩呀，就是你说的"埋没"，足以让爷爷给你讲上三天三夜。那个时候，我们没想过这个词，我们只想保家卫国，只想早日让全中国人过上自由快乐的日子。所以战场上，我身边的战友，我那些生死弟兄，一大片一大片地倒在了血泊中……那是怎样地一种埋没呀？谁敢说他们之中，就没有我这样的将军呢？就不会有你要当的科长、局长呢？

此时陈雅轩已是一脸热泪，爷爷，你不要说了，我错了。

陈子墨也已老泪纵横。孩子，世间最大的埋没，莫过于对生命的埋没了。除非，那种埋没，真正值得。

◀ 那年，青杏的滋味

17岁的福姑姑两手叉腰，像一位将军，在我们面前来回踱着步。她那双牛眼珠子骨碌骨碌的，看样子再一瞪就掉出来了。

"青萍，你不能去！英梅，你也不能去！"

英梅先叫起来："凭嘛呀？"

"青萍她娘事多，到时候准埋怨俺带坏她家闺女。英梅你动不动就可着嗓子嚎。"

"俺不让俺娘知道，行吧？"我小声乞求着。

英梅极具破坏性地喊叫道："今儿不让俺去，谁也甭去，看俺当街嚷去，哎——有人偷杏去咧——有……"

"去，去，都去！"福姑姑甩开大脚片子头前带路。我、英梅、爱军、小建、荣荣5人紧随其后，向二里地外的前光村杏林进军。

一

春风一路向东，我们阔步向西，大片大片的麦苗绿毯一样铺在我们身边。

路上福姑姑分工：爱军和小建负责爬树，荣荣、青萍负责拾杏，英梅嗓门大，负责望风。一旦发现有人过来，就立刻大声唱："小螺号，滴滴滴吹——"唱完了就跑。

福姑姑负责装口袋，若有风吹草动，她年龄最大，跑得快，能保住胜利果实。

五月的杏树林真是太美了，汪着露水的叶子像地里的韭菜那样油绿，枝叶间的一串串青杏，像家中小弟的光腚球那样肥胖可爱，一阵暖风拂过，小叶子绿蝴蝶似的跳起了芭蕾舞，蒜瓣一样压着枝干的青杏则一颗挤着一颗当观众。福姑姑叹息一声："来早了，杏还一个不黄呢。"

但来都来了。"你俩，上树，捡着发白的摘啊。"福姑姑指挥着小建和爱军。

"你俩，拾快点，注意英梅那边，她一唱，咱就跑，尤其青萍你，到时候一定使出吃奶的劲来跑，听见了吗？"福姑姑的话就是圣旨，我和荣荣紧张地点头保证着。

爱军和小建摘得有点慢，福姑姑压低嗓门喊："别尝啦，那么酸对得上口啊？摘回家还得捂一阵子呢。"那两人才噼里啪啦往树下扔杏。

荣荣拾得比我快，福姑姑又埋怨："看看青萍，俺说不叫你来，非来。"

"换棵树！你俩别在一棵树上，摘快点！"福姑姑仰着脖子命令。

杏，开始大枣一样落下来，八月十五枣落竿，被竿子一打，哗啦啦落一地，就是现在降青杏雨的样子。我抬头看见爱军在晃树，他已经没有耐心一颗颗挑着摘了。

这时，突然响起了颤抖的女高音："红太阳，照山河……"福姑姑一愣，大喊："英梅唱呢？"

"不是《小螺号》吗？"

福姑姑大叫："别管了，快跑，来人了！"说着，一拧布袋口，扛起半布袋杏就跑。

树上那两人几乎是滚落下来的，土啊伤的都没顾上检查，逃命要紧。我们跑得气喘吁吁，头都不敢回，身后一个老男人声嘶力竭地喊："快站住！看不打死你们，小毛贼！"

福姑姑一扔手中的布袋子，朝我们大喊："不想死的给俺跑——"

终于听不见追杀声了，我们一个个瘫倒在地。刚喘匀了气，我忽然发现娘的绿头巾跑丢了，新做的鞋也跑掉了一只——完了，等着回家挨揍吧！想回去找，又没那胆子，我不由得大哭起来。

二

好说歹说，福姑姑答应送我回家，必要时候拦住我娘。

瞎话早编好了。

一进门，娘盯着我一身土大喝："跑哪儿野去啦？"

"地，地里。"

"砍的草呢？"娘以为我给家里的羊砍草去了。

"俺去抱柴禾做饭。"看见福姑姑丢来的眼色，我赶紧扯了

一场南辕北辙的爱

个笑转移话题。我去抱柴禾，忽听身后娘一声惊叫："头巾呢？青萍，俺那绿头巾呢？"

我吓得一动不敢再动。娘扑上来一捆子："问你呢，头巾呢？俺才买的头巾呀……"

我下意识躲了下，娘又惊叫起来："啊，鞋呢？俺一针一线，点灯熬油的，你这个……"她骂着最难听的话，又补给我一捆子。"去给俺找回来！找不回来打死你……"我也偷眼看福姑姑，想要求救，哪知她见势不妙，早贴墙根溜了。

我被一下一下打急了，梗着脖子喊："找不回来了，打死俺也找不回来了！"

"在哪丢的？俺去找。"娘停下来问。

"在，在……前光村的杏树行……也可能在半道上。"

娘一听就反应过来了："好啊！合着偷杏去啦？俺叫你嘴馋！叫你丢人现眼！你怎么不跟好人学呢？跟人学偷东西，糟蹋人家杏去了，看你爸爸回来打不死你！"娘气疯了，扯着嗓子喊，生怕四邻八家听不清，我觉得丢脸至极。

这时，大门一响，我以为爸爸回来了，结果一声熟悉的断喝，差点没吓死我："偷杏的小毛贼呢？滚出来！"

与此同时，半布袋杏被倒进我家院子，洒落满地，一个个青杏，浑身沾满了土，狼狈如我。

"缺爹娘管教的东西！看毁了俺多少杏！"

娘脸上火辣辣的，火气重新被点燃，又打骂起我来。我羞愤交加，喊道："那个袋子不是我的。"来人根本不听我辩解，要求马上赔钱，娘没嘴地道歉，小声解释说："她人小，一个人弄不下来这么多，肯定是别人领的头。"娘就差说出福姑姑名字了。可人家掏出布鞋和绿头巾问："是你家的吧？"娘狠狠剜我一眼，小心说："是俺家的，可杏不全是俺家偷的。"

三

正说着，爸爸回来了。杏子主人立刻添油加醋地告了状。

爸爸听罢，看了看满脸泪水纵横的我，转身给杏主人结结实实道了个歉，然后摸着身上各个衣兜，只翻出几张毛票，又跑进屋去凑出一沓钱来，交到那人手上，还赔上笑和无尽的好话，那人不好再骂，恨恨地看了我一眼走掉了。

我很难过，也很害怕，赶紧溜进屋去烧饭。

娘一口气憋在心里，嚷嚷着说："你干嘛不让他找福子家去？肯定是那死妮子领的头，平常就手脚不干净，凭嘛咱自个儿赔这么多钱？"

"唉，福子也怪可怜的，年底就得给她哥换亲了……咱放过那孩子吧。"

娘一肚子气地转向我，说："对，人家的孩子咱也管不着，咱自个儿的孩子可不能惯着。"

我恨不得随着灶膛里的熊熊烈火而去。

爸爸闻言虎了脸，眼光刀子般射向我，我仿佛看到火苗子蹿了过来，他大步走到我跟前，我闭了眼睛，等待着大巴掌落下。

半天没动静。忽然，一只大手轻轻落在我的头顶，那么暖。

我的泪瞬间满了眼，满了脸。接着，他拉起我走向院子中央，一颗颗捡起地上土里滚过的青杏，低声说："来，拾起来，洗干净，杏子不能糟蹋。"我的眼泪如珠子般掉落在那些灰扑扑的杏上，想起杏林里那如雨般落下的青杏，心里难受极了，就听爸爸柔声问："人家的杏，就那么好吃呀？"

　　这才想起，我一个杏也没吃到，压根不知道那杏是酸是甜。现在，我只感觉到满嘴又咸又苦的涩味，我越想越后悔，一头扑进爸爸怀里哇哇大哭："不好吃，不好吃，准不好吃的……爸爸，俺知道错了。"

◀ 健　忘
....

　　同事小美跟我诉苦，说她婆婆第一百零八次不懂事，再这样下去，她就要气疯了。我不敢深究当时自己怀了怎样的心理，只记得跟小美炫耀了一件事情："我婆婆最近有点健忘，我在市里转了好几家药店帮她买药，还真在宝云街一家药店买到一款非常管用的治健忘的药，她现在连我十几年前对她的好都想起来了，逢人就夸我是好媳妇，尤其回老家，全村人都对我竖大拇指。"

　　"治健忘的药？小若姐，能不能帮我买一盒啊？我最近健忘得厉害，回头给你钱哈。"

　　"同事间嘛钱不钱的，好说好说。"我说着有点儿后悔，因为我和小美的交情还没到这么客气。

　　药是三十八一盒。我划医保卡的时候又动了个小心眼，首先一盒的钱太少，不好意思要；其次医保卡上的钱只能买药，若想要现金，药店扣 20%。买三盒吧，买三盒就过百了，她必然还我现金，而我也接得其所。

　　小美见我买了这些药，非常开心。我不开心。她一摸兜兜说，

一场南辕北辙的爱

没带现金。没带现金，可以手机发红包呀，但我能大人大脸地告诉她吗？

我强笑笑说："没事没事，不急不急。"

我天天想着小美还钱的事，就有意无意到她们科室转得勤了些，每次见了我，她都很热情，小若姐长小若姐短的，就是不说还钱。

一个月过去了，她的药也吃完了，还是没提还债的事。我一再安慰自己，她得的就是健忘的病，也情有可原。就当钱丢了吧，就当献爱心了。不过暗地里也嘱咐自己，以后可不能随便给别人捎东西或借钱给别人了，牵肠挂肚的滋味不好受啊。

我没好意思找小美要钱，小美却好意思找我要药。她又光临我的办公室了，小眼睛眯成缝，嘴巴弯成月牙："小若姐，你买的药太管用了，我就觉得这些日子记性好了很多，能不能再麻烦你帮妹妹买三盒？"记性好不还钱！我的潜意识告诉我，拒绝拒绝拒绝，但我的脸面逼迫着我一笑说："行啊，没问题。"

反正是医保卡上的钱，不用亲自掏腰包，也没什么好心疼的。我这样告诉自己十遍之后，好受多了。

这种好受也是相对的，比如和一个月后小美再次拜托我买药相比。我觉得她简直疯了，她一再跟我说她记性好得不得了，却一次也想不起来还钱的事，一个字都不提。我绕了好几次，"小美，那药确实管用吗？""小美，药还坚持吃呢吗？""小美，药快吃完了吗？"

就是最后问的这句捅了娄子，小美趁势说："小若姐，还真

一场南辕北辙的爱

快吃完了，再帮我买三盒呗。"

我真想抽自己一个嘴巴，更想抽小美，怎么能这么不要脸呢？
"……好的，小美。"我天生一副笑模样，要命啊。

好人做到底吧，如果这次不买，前两次投资也白瞎了。心里
想着这是最后一次，如果再有下次，断然拒绝，就说药店没这个
药了，就说医保卡上没钱了，就说我最近不回衡水。

一个多月后，小美再没提买药的事，我竟长长地出了一口气。

那天全体会，集中学习省里的视频会议精神，我进会议室晚
了，有些尴尬，而且前几排没有空座位，椅子上端坐着大大小小
的领导，他们全拿眼睛的余光扫我，我觉得快被他们扫地出门了。
这时就听小美压低声音叫我："小若姐，小若姐。"

就算药没白买吧，关键时刻，显得自己还怪有人缘的，我快
步跑到后边，坐在小美身边。

趁我打开笔记本的间隙，她拿起了我的手机，边滑边问："小
若姐，你手机密码多少？"

我也没多想，脸往屏幕那儿一凑，就开了。我的笔记还没写
两行，小美就把手机还给了我。忽然下意识告诉我，小美对我的
手机做了什么。打开看，果然，微信上她转给我五百块钱，还替
我点了接收。

我心里一热："小美你这是干嘛？"

"哈哈姐，让你买了那么多药，这是药钱呀。"

"太多了吧？"

"多的算跑腿钱。"

“这可不行。”

“看看看看，姐姐，这么长时间不还你钱，就是怕你跟我撕扯，好不容易找到这么个机会，咱姐妹可不能再见外了啊，你要非分那么清的话，咱就绝交！”

忽然恨起自己的记性来，要是平日里我也健忘一些多好。

◀ 好人的温度

真情栏目现场。

主持人问一独臂男人：你当时真的不寒心吗？

男人似笑非笑一言不发，像点头又像摇头。

原来的男人是个健康人，有一套百十平方米的房子，有一位贤惠能干的妻子，有一个聪明漂亮的女儿，有一份收入不菲的工作。

其实，男人的工作就是开出租，很辛苦，但也很快乐。

也许上帝不该为他安排那么一天，那一天，他整个人生都被毁掉了。

就在那一天，透过一楼的窗户他看到了那样一幕：住在六楼的壮汉正挥刀欲砍一楼住着的小女孩。他不能眼看着悲剧发生，便一个箭步冲了上去，结果砍刀当场削掉他的右胳膊。

事发后，壮汉一家不知去向。令男人不解的是，他冒死救下的孩子的家人，竟连个面都没露，也逃了。

男人花了好多医药费，胳膊也没能接上。而断臂是不能开车的。

正当男人痛不欲生，妻子提出离婚。她不愿守着一个失业的残废过一辈子，不愿让自己的孩子日后衣食无依。男人也觉得是自己连累了妻女，就把房子让给她们娘俩儿，净身出户。

奔波到四十，竟然一无所有，男人绝望了，想到了死。可是，男人却在冰冷的河里被人救了起来。

男人最铁的几个同学说："告他们！太没人性了！"

他说："算了，我本来是为了救人，告了，又成毁人了。"

几个硬汉当场落泪，为他这种胸襟，他们说："哥，我们帮你盖房子。"

同学们开始偷偷挣钱攒钱，将"小金库"和兼职赚的外快都变成了砖，水泥，沙子。男人也开始有了活下去的勇气，找一份送水工作，勉强糊口。这样，当他依然睡在孤寂的出租车里时，内心却已浸入丝丝温暖。

当地居委会听说了他的事情，主动帮他办了低保。领钱的日子，明明他排在最后，居委会主任却偏要先念他的名字。久了，人群中一片骂声。居委会主任说："他不是我的亲戚，也不是什么领导开后门进来的，我只知道，他是个好人。"众人不服："说得好听！"居委会主任含泪说出了男人的事迹，并发出这样的感慨："他仅仅是热心地救了一个孩子，便什么都没了，难道这就是好人的下场吗？你们摸着良心想想，咱不能让好人寒心哪！"先前的骂声顿时变成了掌声，好多人开始抹眼泪，大家纷纷为他让开一条通道。

越来越多的人知道了他的事情。大家都抢着要他的水。可生意好了，他的身体却吃不消了。不知从什么时候起，好多住在高楼层的人家，都主动到一楼来等，付完钱后，自己把满满一桶水扛上去，还不忘回头对他道一声"谢谢"。

一位离了婚的漂亮女子非要嫁给他。他担心地说："我辜负过一个女人了，不想再辜负一个。"女子说："我是经过深思熟虑的，我要嫁的，就是你这样的好人。"

居委会又及时帮他留意了一块儿废弃地。同学们几年来的默默赞助加上他的积蓄，使他终于拥有了属于自己的一套房子，终于有了再婚的勇气。

婚礼定在国庆这天。

亲戚朋友自发集资，准备为他们办一场像样的婚礼。

新老邻居们凑钱买来了家具电器，鼓励他们好好生活。

令他们想不到的是，一家影楼打通了他们的电话，一定要免费为他们拍一组上万元的婚纱照；一家饭店也打通了他们的电话，说有多少人算多少人，这天的客他们请了。

国庆这天，想打车的人都毛了，今天是出租业最赚钱的一天，可这帮司机都哪儿去了？原来，他们都不约而同地奔男人的婚礼去了。全城的出租车，浩浩荡荡绕小城一周。他们说："免费为咱们的好同行好哥们儿助威！"每一辆出租车上都横挂着大红条幅，上写：好人的哥，新婚大喜！我们和你在一起！

小城还从来没有过一场如此隆重的婚礼，随着人群的涌动，车流的不息，这座城市的市长被惊动了。了解了事情经过的市长

一场南辕北辙的爱

带着贺礼走来了，他要在百忙中赶来，亲自向这个见义勇为的好男人道喜！

镜头又回到现场。主持人依然很好奇地问道："大哥，如果说当初你有一点寒心的话，那么现在你还寒心吗？"

看得出，男人一直强忍泪水。片刻的沉默之后，他还是腼腆地笑了。他说："应该说从来没有过，真的，我不后悔，也不寒心。"继而又像个诗人似的感慨道："因为有那么多人，支持我，帮助我，感动我，温暖我。"

主持人顿时泪流满面道："不是的，大哥，不是那么多人温暖您，实在是您感化了这个世界，温暖着所有我们这些人啊。"

◀ 半布袋茅根

    人出了名，架子就大。李扶贫把一个贫困村折腾富了，社长让我专门为他写篇报道，我打电话过去，人家说没时间。我很生气，就像我时间多多似的。社长说，你不会先从他身边人下手呀，你不会先从那些棚户下手呀。

    来到大棚村不由感叹，好家伙，村周围密密麻麻全是大棚。村支书分别指着不同的大棚说，这是葡萄棚，这是西瓜棚，这是非转基因大豆棚，这是菜花棚，这是蚂蚱棚。什么什么？蚂蚱棚？支书骄傲地笑了。

    我问："这都是李扶贫的功劳？"

    "那是自然，十年前俺们还只会种玉米、小麦。"

    "你们怎么就信他呢？他叫你们种大棚你们就种呀，万一不挣钱呢？"

    "谁说俺们种了？俺们不种呀！当时他跟俺们保证了很多，什么技术指导啦，外出学习啦，聘请专家啦，帮着销售啦。咱老百姓谁听他那个？"

"那这大棚怎么起来的？总得有第一个吃螃蟹的。"

"唉，我就是那第一个。"

"你是因为他是县扶贫办领导，怕了？"

"我怕他？笑话！我可是镇里三番五次求着当的支书，当时俺村多少上访户呀，胆小的谁敢当这个家？"

"那你怎么想的？"

"李扶贫说，咱先试种一个，按村里同亩数的最高收入算，赚了是你们的，赔了我个人补上。不知怎么，我当时一下子被这个包村干部感动了。心想，赔不赔的吧，豁上几亩地，权当支持年轻人了。"

"结果呢？"

"结果你看到了，棚生棚。现在你要不让谁家种棚，他能跟你玩命。俺村一个残疾人才娶上媳妇，他爸哭着去找李扶贫，李扶贫以为人家管他借钱呢，结果老人说，一分外债没有，60万，60万全是大棚里种出来的，李主任啊，我是来谢恩的。"

"第一个棚种的什么，还记得吗？"

"印象太深了，西瓜呀。你不知道，庄稼人把刚种好的粮食地全部毁掉，改种西瓜，那得需要多大勇气。"

"李扶贫特感激你吧？你帮了他。"

"现在看呢？谁帮的谁？"

"李扶贫很忙吗？"

"非常忙。"

"他最近来过吗？"

"没有。"

"这么说，他也不像他所承诺的那样，跟你们同吃同住同劳动，帮你们种帮你们收帮你们卖。"

"现在都是买家排着队找我们，用不着他李扶贫天天守着。"

也没什么新意，不过是一个比较能干的党员干部，带领群众脱贫致富的故事。

我打算告辞了，支书执意送我些蔬菜水果。因为摘得多，他说得找个袋子，然后在他的货车车斗里紧扒拉，又到大棚里张望半天，没找到。其实我早看见了，大棚外就有一个编织袋，只不过里边装着不知道东西。我心里着急地想：这不就是袋子么？这不就是袋子吗？

大概支书也是实心实意送我果菜，尽管我说了推辞话，也做出要走的样子，他还是一把将我拉住，并在简短的撕扯过程中，顺着我传神的目光，很自然地发现了那个鼓鼓囊囊的口袋。

他犹豫了一下，然后掂起袋子口朝下倒起来。一堆白茅根。

我小时候在农村长大，看到茅根很亲切，便好奇地问："你刨这么多茅根干什么？"

"治病。"

"哈，这能治什么病？"

"癌症。"

"开玩笑！要是茅根能治癌，还轮得上你刨这么多？"

支书急了："你以为我刨这些茅根很容易是吗？我都起早贪黑好几天了，才攒了这点儿。"

"我是说它不可能治癌。"

"万一管用呢？"

"绝不可能！还是得信医院。你家谁病了？"我动了帮他的念头。

"不是我家，是李扶贫的媳妇，胃癌转肺癌，医院不给治了。李扶贫自己看医书，到处找偏方。那天他来俺村无意中问了句，咱村有茅根么？俺们这才知道他家的事。"

"我好像看见，好几家大棚外头都有这么个袋子。"

"李扶贫可是俺村的大恩人，就连他媳妇住院时，俺们一个电话，只要是大棚的事，他随着就赶来了。大风刮倒了老棚，瓜果招了虫灾……俺们事事找他，他没有不管的时候。现在他到了坎上，谁能眼见着不管？好不容易听说茅根管用了，这些日子大家伙乱到处转悠着找茅根呢。"

天哪！我怎么能用这么金贵的袋子，去揩老百姓的油呢？我死活劝住老支书，并帮他把茅根重新装回袋子里。

老支书有点泄气："也就是个心意，知道不管用。"

我的泪一下子涌满了眼："万一管用呢？"

◀ 一块坯

那时我家正拆旧房打算盖新房。

傍晚时分，村里帮忙的乡亲大多回家了，还剩几个当家子在传扒下的坯，当然，我也在其中。

西邻家比我小七岁的闪子走过来说："姐，让我跟着扔坯吧。"

我毫不犹豫地说："不行，你才七岁，还小屁孩儿呢，砸着你，你奶奶不得骂死我呀。"

闪子很聪明，回家拿了块馒头塞到我嘴里说："这回行了吧？"我家那时都是以窝头充饥，馒头是一种诱惑。

我有点不安地说："可说好喽，砸到不许哭。"

闪子很兴奋地保证："不哭！"

"也不许跟大人说。"

"不说！"

天色越来越晚了，连我左边的人都没注意到，我右边竟多出一个人来。不过，坯传得是顺当多了。闪子人小个大，有一把子好力气，这个活儿还挺适合他的。有了他的帮忙，人和人间距离近了，我也轻巧了不少。

正当我传得起劲，就听"哎哟"一声，闪子蹲在地上放声大哭。我急忙跑过去问怎么了，他说头破了。我吓坏了，生怕他的哭声把他奶奶或我爸爸招来，招来谁，我都没有好下场。我上去捂他的头，却捂到黏糊糊的东西，接着慌乱地捂住他嘴小声说："别哭呀，不是说好你不哭嘛。"谁知他哭得更响了。

他奶奶小脚，好歹慢了两步。他爸爸一个箭步冲出来甩给我两巴掌，他奶奶运开腮帮子蹦高破口大骂。我爸爸也不甘示弱，紧赶慢赶扑上来踹了我两脚。闪子一句也不替我说话，我真是百口莫辩。后来，我爸爸被他爸爸骂着，背起闪子找村医缝伤口。爸爸在村里德高望重，还从来没被人这么窝囊地骂过，所以一回到家里，又补给我两脚。这两脚狠了点儿，当时我正心虚地蹲在灶膛前烧火，如果我再小上一号，估计就直接飞进灶膛火化了。

闪子家并不是我们村唯一不说理的人家，但闪子是四代单传，他肯定是我们村最得宠的孩子。我伤了那孩子，等于伤了人家老少四辈的心。

他家气不出，也开始拆房盖房子，并趁机占了整条活巷后，改走南门。

我的叔叔们都要求我爸爸同他们家打一架，活巷是过道，两家一人一半，他这样一占，分明是堵咱家的门呀。

爸爸瞪了我一眼说："算啦，咱改门走东过道。"

不久，在西邻的撺掇下，东邻也要起义——占活巷。东邻家里有六个儿子，穷得一个媳妇还没娶上，急需要占便宜富起来。

爸爸一声令下，两家打成一片。

后来东邻良心发现，找到我家主动求和，说上了西邻的当，都是他鼓动的。还说他提议弄死我爸爸，如果把我爸爸弄死，我们这一大家子就全完了。

东邻不明白，当时还问西邻，不是他家闺女砸的你儿子头吗？你怎么这么恨他呢？

西邻说，他闺女懂什么？肯定是他教的。

由原来对门住着的邻居，到现在一个走南门，一个走东门，敌我关系基本形成，从此再无往来。本来爸爸想过求和，但闪子的爸爸和奶奶显然都没那个意思，一碰面嘴里就不干不净的，最后只好井水不犯河水。

我中专毕业后回村当了一名小学老师，教五年级语文，正好是闪子他们班的班主任。看得出，闪子很别扭，其实，我也很尴尬。

那天上午没我的课。可我忽然想起备课本忘在了讲台上。好不容易熬到大课间，我匆匆向教室走去。

教室门口那一幕让我惊呆了。闪子跪在地上，在数学老师的指挥下，同学们一口一口地往他脸上吐吐沫，当然，也可能有痰。数学老师也是我们村的，也和闪子家有仇。话又说回来，闪子家和谁家没仇呢？

闪子那肥胖的身子跪得很狼狈，一脸的狰狞，满眼是泪。我实在看不下去了，再怎么着也不能侮辱他人格吧，他还是个孩子。

我三步并作两步走过去制止，数学老师不解地看着我说："你没病吧？"

我扶起闪子，拍了拍他身上的土说："到座位上去吧。"

闪子不相信地看着我，然后泪如雨下。

数学老师不耐烦地说："别跟我讲大道理，他爸爸无缘无故占了我家两犁地；他和我小侄争一本小人书，本来都是孩子间的事，他爸爸竟然帮他抢；他奶奶更离谱，就为一个玻璃球追着我兄弟揍。这不今天，他又在黑板上给同学起外号，叫人家屎棍子，我看他才是屎棍子，搅屎棍子！这他妈一家子，除了不说理的还是不说理的，都欠拾掇！"

我说："王老师，消消气，再怎么着，他还只是孩子，是我们的学生。"

王老师生气地说："充什么好人？"从此我们俩不睦。

闪子的奶奶真是太疼他了，就连他头痛，都让他吃四片止疼片，而大夫才让吃一片。这样的结果，导致闪子在我的课堂上直接昏了过去。我跑上去掐人中，拍背，打脸，都不管用。后来派人叫来他爸爸。他爸爸再也没有了占活巷时的霸气。我们一齐把闪子送到镇卫生院，经过一番洗胃，闪子总算得救了。但闪子的爸爸连个谢字都没有，这号人，我也懒得跟他再较这股劲。

学校的厕所年久失修，校长说，拆了重建。扒坏的时候，本着整坏再利用的原则，需要把好坏传到空地摞起来。

同样的场景出现了，我把一块坏传向闪子的一瞬间，闪子的头又被砸破了。这回我真是气坏了，忍不住骂道："闪子，你是故意的吧？"

闪子忍住泪道："老师，我是故意的。"

"你为什么要这样？你还想让你爸爸你奶奶来打我骂我吗？"

"不想。"

"那你这是干什么？"我边埋怨边拉起他朝医生家跑。

他挣脱我说："还给你。"

"什么？"

"一块坯。"

我的泪就那样不争气地流了下来。一块坯，旧年旧月的一块坯，不仅砸坏了所有的人关系，也将一个少年压得多年喘不过气来吧？

"老师，我保证这回谁也不说，我也不哭。"

"……"

"老师，你相信我吗？"

"姐相信你。"我拉起他连同他的歉疚飞奔而去。

◀ 我教你背 π 吧

海天哥命苦，3 岁上爹娘都没了，好在他还有一个年迈的奶奶。后来，在 11 岁上奶奶也去了，他就被我好心的爹收养了。

娘是极不乐意的，她说："别人的儿子，养了能给你送终？都不如养条狗。"怎奈当村长的爹执意这么做，娘也只好认了。

我心里倒很高兴，因为我和海天哥在学校同桌，他学习特好，这样，考试时，因我们成了一家人，他总得让我抄抄。

依着娘，是绝对不会再让海天哥上学的，可爹说，孩子命够苦了，学习又棒，咱要不供，孩子一辈子就完了。

从此，我结束了一考试就挨揍的日子。

爹还真是挺疼海天哥的，总想着让他在我们家过得更舒坦一些。不过，爹向着海天哥也没用，日常生活总是娘在操持。在吃上，都是我吃头一口，到海天哥那儿，往往就剩下汤了。在穿上，都是我穿新的，即使爹给海天哥买了新衣服，在娘的高压下，他也只得乖乖地让给我先穿……这样的事儿多了，爹除了摇头叹气，也没有更好的办法，总不能天天为这些鸡毛蒜皮的事吵架。

海天哥真是什么都做得比我好，渐渐地，我就变成了海天哥的影子。

暑假，我和海天哥一起割草累了，就躺在了草地上。他说："小光，我教你背 π 吧。"我说："谁不知道是三点一四呀。"海天哥就骄傲地说："那是课本上的，我教你背课外的，小数点后三十五位。"我说："算了吧，课本上的我还不愿学呢。"海天哥就压低声音说："以后，这算咱们的暗号，岂不是有趣？"

我觉得还怪有意思的，就和海天哥一起小声地背："3.1415926 535897932 384626433 83279 50288。"

这以后，我们两个形成一种默契，只要单独在一起，就会不约而同地"唱"上几遍 π。在那单调乏味的童年，这成了两个少年最大的享受。

那年夏天，我和海天哥成天在大野里疯跑。那天，我正倒着跑，跟海天哥追逐打闹，突然一脚踏空，掉进了一口掩在蒿草中的井里，幸而井不深，井底还有一汪水，我只是扭了脚。海天哥疯了一样呼喊着我："小光，小光……你别怕，我救你……"直到天黑海天哥才把我从井底弄上来，背着我回家后，惊惧和身上的伤让他沉沉病倒了，发了几天的烧。烧退后海天哥的脑子明显不如以前灵光了，似乎落下了什么后遗症。再后来，海天哥不得不辍学。然而，即使这样，海天哥还是会追着我一起背 π，那串数字似乎牢牢长在了他的脑袋里。

自从海天哥救了我之后，娘再也没有说她以前经常挂在嘴边的那句话——"养你不如养条狗。"

1979 年，一纸大学录取通知书寄到了我们家，我上了大学。也许是我上大学的事情刺激了海天哥，那个优秀的教我背 π 的海天哥，情形一日不如一日，痴傻得更厉害了。

这时的海天哥什么也做不了了，整天对一些背着书包的孩子问："你知道 π 吗？"然后转身用粉笔向墙上写去，边写边流利地背出那一串长长的数字。

娘阴沉着脸骂："光知道吃饭，不知道干活，连个家都看不了。"

爹就怒喝一声："行啦！你还有点人味没有？"

娘准是也觉得总和一个疯子较劲太没劲，就赌气扛上锄头下地去了。

爹耐心地哄着海天哥，教他挑水，带他砍草，领他到河里洗澡，哄着他和残疾姑娘见面。最终海天哥什么也做不来。扁担和桶被他扔进了井里，筐和镰刀被他丢在了地里，刚洗完澡他就拉一裤子屎，瘸腿姑娘竟然能被他的 π 吓得落荒而逃。

聪明的海天哥什么都不记得了，只是一天天守着他的 π 过日子。

假日里，我和海天哥又来到那片青草地，我们俩再次一起大声背 π。只是，他很兴奋，我很心酸。

离别时，我抱着海天哥，轻轻抚摸着他的头，说："哥，等我毕了业挣了钱，一定好好疼你。"

海天哥就嘿嘿一笑说："你知道 π 吗？"

我点了点头，泪就下来了。

大学毕业后，我参加工作了，没多久，爹突然来电报说：速归，海天逝。

我的心就像被人拿刀子捅了似的，血流不止。葬礼那天，娘竟然念叨起了多年不提的那句话："养你倒不如养条狗……早早就这么走了！"说完就哭了，哭得昏天暗地。

爹更是一夜之间苍老了许多。

娘边哭边说："这个疯子呀！小光掉到井里是多少年前的事了？你都不省事了，怎么就又想着去救他……"

我跪在坟前拨弄着烧纸："海天哥，今生注定是我欠你的了，下辈子还吧……下辈子，大学录取通知书上肯定是你的名字，你那么优秀，你还能背出那么长的 π……"

狂风大作，天边传来海天哥的声音："小光，我教你背 π 吧……"

我的泪滚滚而下。

◀ 再见，男神！

八十多人的班级，课前有点乱在所难免。混乱中就听一声怒吼："这么无视你们孟老师的存在吗？"

孟老师？哪来的孟老师？我们数学老师明明姓陈呀。大家陆续安静下来，齐刷刷盯着不知啥时候混进教室里的大胖子，一块儿发着愣。

一

"孟老师在台下讲，还是台上？嗯，孟老师有这份自信，台上吧，台上有众星捧月的感觉，占山为王的感觉，舍我其谁的感觉，君临天下的感觉。"大胖子自顾自说完，麻利地蹿上讲台。台下是嗤嗤的笑声。

我们笑着笑着，就变成了哄堂大笑，这个孟老师真是逗死了，他上衣扣子竟然错了牙，西服领子的左侧已偏离轨道很远，以至于那条和暗花西服颜色极不相配的紫色领带显得那么正经，像一条粗壮的缰绳扯着他，把西服都拽歪了。

孟老师顺着我们含笑的目光，很快敏感地发现了这一尴尬状况，赶紧掏出手绢来擦汗，边擦边红着脸嚷："看看你们这群坏东西，啊，把老子吓成什么样儿了……坏了坏了，我说怎么这么不是味儿呢。"他以极快的速度把手里的东西塞回口袋，然后从另一只口袋掏出一条碎花手帕。可是我们的目光更快，都看清了他放回口袋里的是什么玩意——一只灰色的袜子。哈哈，这回都有笑出泪的了，我前桌国天明直吆喝肚子疼。

"好了，打住，打住！有完没完了？我孟某人是来教课的，不是来表演单口相声的。"孟老师的脸忽然严肃得能拧出水来，我们也就强忍住笑，随他逐渐变得安静。

"咱言归正传啊，你们陈老师读博去了，从此呢，由玉树临风一表人才英明神武天下无双的男神我，带你们步入数学殿堂。众所周知，这个数学是九科之本，其他科都是瞎胡闹。"

"去——"模仿着小岳岳相声中的观众起哄声，我们高一年级这些孩子已变得无比放肆，教室里的气氛简直好极了。

"还能不能一起愉快地玩……数学了？"孟老师假装很生气，"你们再这么顽皮，搂你们脸蛋子。"连最不爱笑的同学都笑出了声。

二

孟老师开始讲课了，却不看课本，大眼镜片子只在黑板和我们间来回穿梭，挂满胡茬子的宽阔嘴巴不住地嘚啵嘚啵，高鼻子一抽一抽的，似乎是鼻炎犯了。说心里话，他讲得不错，只可惜我同桌一洋逢课必睡，自取外号卧龙先生，这是所有任课老师头疼又无奈的。孟老师很快发现了这一敌情。

当时孟老师正讲坐标。"横轴代表孟老师的年龄，纵轴代表孟老师的体重，"孟老师头往天上仰拍着自来卷头发，"看看我的抬头纹。"孟老师又拍一下孕妇般的肚子："看看我的小鲜肉。这就是正比例函数。再看看这位同学……"在我们惊诧的目光中，就见孟老师蹑手蹑脚走到一洋身旁，父亲般轻拍他两下，缓慢轻柔地说："这位同学，睡吧，睡吧……"孟老师疯了，叫他睡吧？孟老师更温柔了："你这分明觉得周公比朕帅是吧，想让男神级的孟老师胳肢你呀小兔崽子。"说完一只手痒一洋，另一只手甩了个响亮的蓝花哨。同学们刚才还紧张得大气不敢出呢，这会儿一下子笑爆了，屋顶都快被掀翻了。说来也怪，一洋后来再上数学课，一次没睡过。他说，怕一不留神错过一个笑话。

学校有老师们相互听课制度。其他老师都注意到一洋了。他们很生气，一起不高兴地琢磨，在我的课上，这个孩子每天昏倒状，可在孟老师课上，他像打了兴奋剂，这不是故意让我难堪吗？他们的目光都刻不容缓地安装上冷箭，一箭箭毫不留情准确无误地射向一洋。

敏感的一洋很快趴着中箭。从此，他抽屉里多了好多包速溶咖啡。我劝他少喝，咖啡因伤脑子，他说："不行啊，爷是真困。"

其实，那些个无趣科目谁不困？我们都有绝招，我，拧腿，大杨，咬下嘴唇，飞子最狠，拿他妈缝衣服的针扎手指肚。我劝一洋从肉体上找找薄弱环节，他想了想说，我怕痒。还就孟老师找着我软肋了。

"你是因为孟老师呵你痒才不困的吗？"我故意逗他。

"嗯，你小子说得有道理，孟胖子每天用他那没完没了的笑话呵我痒，周公都躲到没人地儿偷着乐去了，哪有空理我？"

"哈哈，他还指着咱叫他男神呢，你倒好，直接孟胖子。"

"他，男神？你干脆笑死我得了！"我们哈哈大笑成一团。

三

半年后的某天，孟老师郑重其事地问："这世上最重要的两件事是什么？"

同学们一头雾水。

"me认为，世界上最重要的两件事，一是吃饭——"

同学们的幽默感立刻上来了，"二是睡觉。"

"错！是数学。"

"去——"同学们又进入爆笑难控场面。

球状孟老师严肃威胁道："还笑还笑，看谁不好好学数学，本男神就不让他吃饭，抢他饭卡，摔他饭盆，让他瘦成我这样。"大家深深地乐翻了。

我却笑不上来，跟我一样笑不上来的，还有一洋。

"一天上十节孟老师的课才好呢。"一洋小声跟我感慨。

"若是所有老师都像孟老师这么不拘一格多好。"我也感慨。

"只可惜还有两月就分文理班了，到时候可能再没机会听孟老师的课了。"

"孟老师才教咱半年，可能以后连咱是谁都记不住。"

"是啊。"

"唉。"

这种伤感的小情绪也传染，似乎孟老师下堂课就不知道我们是谁了，我们希望他看到我们为他争光那一刻眉飞色舞的样儿，然后放飞满嘴的笑话同我们一起欢闹到底。说不清在谁的带动下，班里很快掀起了数学热。其他科目老师非常生气，怎么连早读都有人研究数学？

"我定了个目标。"几天后，我忍不住对一洋说。

"我也是。"一洋认真地看着我。

"你先说。"

"你先说。"

"我们分别写在纸上吧。"

"好啊。"

一张纸上是：数学考 150 分。

另一张纸上是：数学考 150 分。

我们相视而笑，击掌为盟。明知道梦想变不成现实，我们还是像赴死的战士那样豪迈，并且很为我们这种不要脸的精神感动。

两个月后的期末考试，果然不出所料，全班一个考 150 分的都没有，但孟老师很开心，全校十几个班级，我们班数学年级排行第一。

四

孟老师在我们班的最后一堂课，明明在夸我们，明明在讲笑话，我们却笑不上来。

一洋埋头小声说："我对不起数学老师，他那么卖力气了，我数学才考了 126 分。"

我白他一眼，挖苦说："拉倒吧，就你平时那草色遥看近却无的分数，这已是天大的造化了。"

"那么你呢？为什么不好好努力，非要和满分差上 2 分？！"一洋生气地指责道，说着眼圈红了。

"我……"我无话可说。是啊，多么遗憾！如果再多上 2 分，也许孟老师就会永远记住我，记住我们八班。想到这儿，我恨死自个了。

孟老师今天的穿着很奇怪，暗红色西服，明红色领带，冷红色西裤，暖红色皮鞋，有几绺头发都染成了棕红色，他这是要嫁了吗？平时他也是明快色调打扮，但今天这种一副新人的样子，还是惹得同学们一个劲儿笑。

尤其孟老师掏大红手绢的夸张动作，还有他故意以娇滴滴的口气问，"哪位爱卿知道孟老师这身红装的用意呢？"

"孟老师有喜了。"

一阵爆笑声中，孟老师一捂肚子："小点声，吓死宝宝了。"接下来的猜测更是信马由缰，五花八门。

"孟老师挂彩了。"

"孟老师来大姨妈了。"

"孟老师炒股了。"

"孟老师要入洞房？"

"孟老师耍贱卖萌想让人记住？"

"打住打住，就这句，孟老师想让大家记住，孟老师怕你们把老师给忘喽，简直说到哀家心缝里去了。"

孟老师的表情还是笑着的，但眼睛开始不争气地犯潮。刚才喧闹的教室一下子变得安静，我们瞬间体会了难过，这是最后一节孟老师的课了呀，最后一节。

有几个女生开始哭出了声，我们男生则使劲憋着泪，生怕这就是离别时分。

"我希望咱们八班每一个人，将来在不在一起，都要记得曾经的热热闹闹，快快乐乐，红红火火！！！"孟老师说着掉了泪。

我们男生终于也绷不住了，一洋不管不顾地大哭起来。

班上人多，本来就乱，这一来更乱了，心都乱了。

孟老师为了扭转氛围，开始换一张笑脸："还记得孟老师刚来咱们班掏袜子擦汗的镜头吗？扣子系错了，领带还歪了，那都是 me 故意而为，就怕你们这群小东西不开心就不给我好好学，这下好了，你们成绩上去了，老师形象可下来了。原本还打算当你们的男神呢。"

他以为他说的只是昔日一个笑话，哪想于我们而言，却是更加的心痛，原来他为了我们，不惜自毁形象，原来他为了我们，什么都肯做。这么好的老师，真希望待在他记忆里一辈子。

一片泪眼蒙眬中，他艰难地说："孩子们，孟老师爱你们。就此别过，好好珍重！"说完大踏步走出教室。

五

我们八班有个 QQ 群，同学们一放假就抱起手机，到 QQ 空间更新自己的签名，然后晒到群里。后来好长一段时间，我们八班全班同学的签名一模一样：

"再见，男神！"

◀ 我想考第二

童年在我的记忆里，就一个字"穷"。全村都穷，但最穷穷不过拐子李家。

拐子李是从房上摔下来变残废的，从此人残志更残，地也不种了，就靠队上养着。

大队书记为了唤起他做人的勇气，特意托人为他说了一个傻媳妇儿。傻媳妇儿也争气，一口气为他生了五个孩子，只是因为穷，后四个都饿死了。

拐子李并没有因为孩子们的光临而洗心革面，他迷酒，迷赌钱，迷打老婆孩子，而且越来越迷。

大队书记叹口气说："唉！咱村欠他的！"这样，拐子李唯一活着的孩子大妮儿被队上送进了学校，成了我的同桌。

大妮每天蓬头垢面的样子，很让我瞧不起，穷也得洗脸梳头吧？

同学们也都嘲笑她："拐子拐，喝牛奶。"然后学他爸爸拿着拐走路的样子。还有更淘气的男生学她妈妈呆滞的眼神，眼使

一场南辕北辙的爱

劲儿冲另一个人一翻说："拐子——饭；大妮儿——饭！"

大妮儿为此哭过，但哭过后的大妮儿生怕成绩不好，村里不再供她，便玩着命地学。我和她不一样，我没有危机感，所以学起来蜻蜓点水。

大妮儿还有让我瞧不起的地方就是衣服。大妮特别瘦小，穿得却肥肥大大的，她蜷在里边活像吊死鬼。

忽然有一天，我们老师拿来一件新衣服，亲自给大妮儿穿上，漂亮极了。羡慕得我只恨自己咋就没赶上个拐子爸爸。

老师说："大妮儿将来会最有出息的，不信大家走着瞧！"

我不服气，私下里也开始向大妮一样学习。后来的成绩总是她第一，我第二。

好在有我解气的地方，大妮儿三天被她爸一小打，五天被她爸一大打，青一块紫一块的，活该！

后来，村里那些中老年妇女可真是热心肠子，差不多家家都拾给大妮儿衣服穿，我妈还把给我过年买的新衣服，送给了她。为此，我提出绝食一顿，见没人劝，我只好狼狈窜到饭桌前抢个窝头，晚了，这个也没了。

这样，在我没好气的日子里，在她爸更没好气的日子里，大妮儿和我们一样升入了小学四年级。

在妈妈的一路劝导下，我忽然决定和大妮儿化敌为友，因为随着年龄的增长，我渐渐理解了大妮儿的可怜处境，有点同情她了。

大妮儿非常兴奋，很快和我无话不说。

有一天，大妮儿没来上学，我觉得奇怪，放了学就去找她，结果看见她爸爸正站在院子里左手扶拐，右手拿鞭子抽她。

我冲上去一声怒吼："拐子李，不许打人！"

拐子李骂道："老子就他娘的打她，非上这个学呀！回来放羊还能挣点钱呢。"

十二岁的我已明白点是非了："挣了钱还不是让你去赌！"

拐子李冲我骂道："你他妈滚！碍你嘛事儿唉？"

我赶紧跑回家叫来我妈妈，大妮儿才算得救。

起因是，大妮儿的傻妈赶集走丢了，找了好多天都没找到。原来还有傻女人做饭收拾的，现在拐子李赌完了回家已吃不到热乎东西，便打算让大妮儿辍学回家侍候他。

大妮儿从来没考过第二，学校里实在舍不得放人，大队书记更是不答应，说又不是你拐子李供孩子，队上拿的钱，你凭什么不让孩子上？

僵持的结果是，大妮儿被她爸强行拖回了家。见大妮儿什么活也不干，一副等死的样子，拐子李一跺左脚（没右脚），拖媒婆给大妮儿说了个婆家，彩礼两万，据说男人是个三十出头的傻子。

那个晚上，风一定是哭的。大妮儿把书包和一身看起来比较新的衣服拿到我家说："侠，送给你了。"说完笑笑。我不解："为什么送我？明天大队干部就去找你爸理论，放心，他会让你上学的。"大妮儿又一笑："不会的，他把我卖了，钱都赌光了。"我大惊，就要喊我妈，我认为大人可以保护我们。但大妮儿拦住了我："别喊大婶，实话跟你说吧，我那四个弟弟妹妹根本就没死，都是一生下来就被我爸卖掉了。因为我的傻妈唯独死死抱着我不放，可能是第一个孩子的缘故吧？呵呵。都是听我爸喝醉了酒说的。反正现在妈妈也没了，爸爸愿卖就让她卖吧。"我的泪下来了，抱住大妮儿："不行，我们家养你好不好？"大妮儿还是笑："傻妹妹，你们家也养我爸爸吗？"那个畜生谁养，但我不能说，只好放手大妮儿含笑离去。

第二天，当大队干部理直气壮地来到拐子李家，却发现拐子李正守着血泊中的大妮儿哭天骂地。

队上从此断了拐子李的一切费用。

那些大娘大婶的没一个不哭的；那些调皮捣蛋的男生也都跟着抹眼泪；大队干部买了最好的棺材；我们班主任连下半学期的课本都拿来了，说让聪明的大妮儿在那头接着学，别落下。

我穿上大妮儿送我的衣服去送大妮儿……

拐子李因受不了接连的打击，不久也跳河自尽了。村里人说，他丧尽天良，不配入祖宗的坟，干脆烧成灰算了。那时还不兴火化，但全村没一个反对的。

此后班级里考第一的就是我了，可我总梦见我又考了第二，醒来一脸的泪。

◀ 我愿是你梦想的幸福

    大女儿12岁，二女儿5岁，我，离婚了。丈夫一而再再而三地背叛，我变得麻木而卑微。我流干了所有的眼泪决定再嫁，因为我的老娘满头白发还要为我操心，我必须弄一份"幸福"给她。

    然后孩子，我成了你的后妈。你和我大女儿同岁，却比她早熟好多。由于大女儿判给了他爸，二女儿判给了我，这样你便和我的二女儿生活在了一起。

    孩子，我不知道你曾经多么孤独？我只是温柔地看了你一眼，冲你笑了一下，你便对我百般讨好起来。母亲节时，我和你爸爸还没有结婚，你却急急地发来短信：妈妈，母亲节快乐！我给你准备了礼物哦。我们婚后回老家请客，将你和妹妹留在石家庄，你又发来短信：妈妈，我为妹妹做了面条，炒了土豆，还驮着她到外面商店买了一身漂亮衣服。

    孩子，你还只是个孩子，不该小小年纪就忘了撒娇，失去了个性。虽然我不是很了解你过去经历了什么，但这一刻我却对着手机泪流满面，好久没哭过了，孩子，你太懂事太要强了，懂事得让人心酸，要强得让人心疼。

偷偷问你老爸，知道你从八个月就跟着奶奶生活，从小没享受过母爱父爱。后来好不容易和爸爸妈妈团聚了，却又迎来了他们两个离婚的悲惨结局。

于是，你五岁便学会依赖自己了。衣服自己穿；扣子自己扣；鞋带自己系。早餐时一家人的油条豆腐脑由你买；午餐晚餐的馒头和菜都由你采购；平时家里用的凡不超过 20 元的你都能搞定。一条街上的人，没一个不夸你"小大人"的。

孩子，原来你是这么没有安全感。书上说，缺少爱的孩子，才会没有安全感。你爸爸做生意，妈妈在酒店上班，大概你一个人面对了无数个无依无靠的白天黑夜后，才决定这般辛苦地直面人生吧？

原本以为我的第二次婚姻碰到的第一个钉子就是你，孩子，因为你正处在如此敏感而叛逆的年龄段，但你没有。曾经因为自己太过善良和软弱，才被欺负到坐在冰冷的法庭里无助地哭，经过一段对自己无限绝望无限怨恨的时光后，继而下决心再也不去感动谁温暖谁时，偏偏就遇到了天使一样的你。真的，孩子，这么多年，我太累了，不想再去付出，再被伤害。但是老天可怜我，派你等在这里，用一颗尚且稚嫩的心，无条件地疼爱我，温暖我，感动我，我想，你就是我来到这个家最大的幸福。

还是出了问题，孩子。我有上网的习惯，但是今天坐在电脑前，我只剩发呆的份儿，因为有人设了密码，登录不上去。你爸爸说不知道密码的事儿，那么孩子，就是你了。看来，看来我们还是隔了心的，我忽然嘲笑自己有点笨有点天真。

晚上你放学回来，将一张纸条递到我手上，然后趴在我耳朵上小声说："妈妈，妹妹玩游戏上瘾了，眼睛会坏掉的。这是咱机子上的密码，你收好哦。"

纸条上的密码很啰唆，不是阿拉伯数字，是汉语：咱四个人在一起就是福。

是的，咱四个人在一起就是福！咱四颗曾饱受创伤和苦难的心，加在一起就是幸福。

可是孩子，你睡着了你不知道，你眼角上的泪泄露了你内心所有的秘密，你并不快乐，也没有外人看上去的那么坚强和能干。其实孩子，我早就从你瞅着我时偶尔发呆偶尔躲闪的眼中读出了无助和渴盼。那么孩子，听妈的吧，从此我不会再让你干那么多活，不会再让你承受一个孩子不该承受的重量，我会照顾你，怜惜你，呵护你。孩子呀，既然今生有幸做了你的妈妈，我就要补给你母爱，补给你童年，补给你安全感，补给你一直以来所梦想的全部幸福。

（发表于《金山》2012 年第 10 期）

一场南辕北辙的爱

◀ 彩　礼
·······················

　　小城挨着农村近，风俗也相近。还有几个月他和红就要结婚了，证都领了，六铺六盖都准备好了，只差婚前的彩礼钱——六万六。

　　很不巧，父亲病了。医院该是最吞钱的地方，大夫最擅长的方子则是排除法。各种检查、化验、会诊，确定治疗方案为立刻手术。

　　他弟兄一个，无依无靠，只好一趟趟跑到取款机前拿建行卡死磕。卡里的数字跑得比他也不慢，很快都跑得无影无踪了。他为红准备的彩礼钱在另一张卡里，却也难逃变成医药费的厄运。

　　临近结婚，他打电话给红，怯声商量说，三万六行不行？

　　他是个实在人，三万六是卡上的数字，父亲出院后，这就是家底了，按说婚礼也需要不少钱的，但他觉得自己是个男人，不能把所有困难都让一个女孩子扛。离结婚还有一个月呢，可以借嘛。

　　红毫不犹豫地尖叫着，少一分也不行，结不起别结。

他气坏了，父亲病重的日子里，红一次也没来过，他已经在为她找各种借口了。算了，不结了。她听了倒吸一口凉气，分手不是初衷，可自己的话说出去了，只能覆水难收。民政局一游，就分了。

他的日子和人实不匹配。因为他们这批大兵还没分配，他目前在一家小私企当司机，工资不高，福利挺薄。但他长得帅，浓眉大眼，鼻直口方，浓密的黑头发，优雅的休闲装，个子笔挺还魁梧，性子沉默还幽默。总之，单位上听说他"离婚"后，立刻组成了红娘团，为他不平，为他牵线。

绿不几天走进了他的视野。绿和红不一样，红很艳丽，浓妆艳抹。绿很清秀，天生丽质。他和绿都有相见恨晚的感觉。

只是，他私心里有一个不愿告人的小九九，他想赌一口气，婚期不变，绿证变红证，让俗不可耐的红看看，自己有能力去了红的挂绿的。他知道这有违他军人的风格，显得小肚鸡肠，但社会风气如此不正，他有责任帮着纠正一下。

当他小心地提出闪电结婚时，让他惊喜的是，绿竟然痛快地答应了。绿从小没娘，对家的渴望很急切，这让他为自己的求"快"而生"痛"。现在是自己最难的日子，再怎么说，也会委屈到心上人。三万六，整个小城就没这个数，她该多么难堪！他又该怎么同她谈钱？

可当他拿起电话的时候，他忽然就变了主意。他想甩狠招，彻底堵一把，堵大点儿，如果爱情从此远去，他会心疼，但也认了。因为，他想找的是一份浪漫而伟大的爱情，尤其红让他彻底醒来后，他更认定了自己的想法。大不了最后找一个自己一点儿也不喜欢的凑合过日子，中国人有几个不在凑合？

他在电话里说，父亲的病把钱快耗光了，彩礼钱，我只能给你一万。

七万？不是六万六吗？她大声说。

他知道她听错了，又加大音量清晰地说，一万。

好，不少不少。亲戚们正给咱做铺盖呢，我得忙去了。她说'不少不少'时，声音大到他的内耳道似乎都被震痛了。

电话挂断的一刻，他的泪就那样没阻碍地轻轻滑落，男儿有泪不轻弹，但他忍不住啊，绿从来就没听错过，没错，她一开始就听出来了，是一万块，不是七万块，只不过亲戚面前不愿太丢份，也给他留足了脸面，故意那样夸张地喊着。多聪明的姑娘呀，善良如她，他怎么好意思……他暗地里骂了自己一句，真浑！

当他把取出来的三万六全部交给绿时，绿愣住了，我不要，咱结婚请客还用钱呢。

我说的一万……

一万也不要，我有工资，有积蓄，足够了。我还给我爸留不少呢。

结婚这天，他的嘴就没合拢过，他觉得老天太厚爱他了。绿也一样，瞅着他，娇羞幸福，感染得身旁的小姐妹一个劲儿闹腾，亲一个！

他们半推半就抱在一起喝交杯酒时，他说，我还欠你一份彩礼呢。

你就是我最好的彩礼呀。绿小声说。

不，我今天真有一份彩礼送你。

什么？

昨天接到电话，我工作落实了，市联社。

绿一笑，你知道我不看重这些。

可我看重，我必须让你的幸福有保障，至少也得先补给你那七万彩礼钱。他说得动情了，竟落下泪来。

小两口说什么呢？台下一片起哄声。

主持人凑趣道，商量生男生女呢。

◀ 我的朋友站稳

　　我和稳芝是同学，没想到和她姐姐站稳也成了朋友，更没想到她姐姐后来把自己亲妹妹的好几个同学都占为了己"友"。前两年有一次发朋友圈，说感谢衡水高铁站对我朋友的厚爱，连电梯上都写着：请站稳扶好。因此，好多人知道了我这个开干洗店的朋友。她全称宋站稳，长相比实际年龄显小，比我大两岁也没代沟，我们属于那种说相声交流方式，你一句我一句，期间忍住不笑，最后相视开怀。昨夜睡在她家，聊到近凌晨两点，今天一回到家立刻补觉，醒来后想，写写这个家伙，不然她都不知道自己有多好。

　　站稳姐妹俩是宋村的，我是石海坡的，同属于韩庄乡镇。读高中的时候，稳芝带我到她家玩，和站稳有了一面之缘。真正认识是几年后，她结婚了，辞去北京的临时工作，告别同样在首都打工的妹妹稳芝，在武邑县城新华街上开了个化妆品小店，我和同学小英、小华没处去了，就到她那儿逛一圈。她倒也不无聊，要么听歌，要么写观看体育节目心得，要么清洁货物，只有我们去了才闲下来。有一次我俩正在小店神侃，进来一个穿着暴露香喷喷的女人，东北口音，一说话脸上直掉粉，"有口红吗？"站稳始终保持卧龙姿势在躺椅上，头不抬眼不睁："没有。"女人指着柜台里的口红问："这是什么？"站稳口气更差了，"过期了。"女人歪着鼻子扭着屁股走出门后，我生气地问："干吗明明有货不卖，生意越不景气呢？"她也生气，"没看出来那是个小姐吗？"我说："你做的是买卖，管人家是干吗的？"她嘴一撇："就不卖给这道号的，嫌那钱脏。"当时她初来乍到，房租都挣不出来，气节倒不含糊，关键是，你喝风呀？但同时也让我领略到她疾恶如仇的一面。

有段时间小华日子遭了难处，她知道后，只要小华来买什么，她店里的东西立刻变成"正好处理不出去呢，想送人都没人要"。小华自然是不愿沾光，可一提到钱，她就有一万个理由不收，还得像小华帮了多大忙似的："太占地方了，好不容易你要，正好多拿点儿，都拿走，省得我这儿乱七八糟的。"一番撕扯，两个人心里都暖暖的。后来她儿子新买的棉服，她自己穿了没两回的衣物，也"正好占地方，送不出去"，好多强行塞给了小华母子。

她的古道热肠我们是一再领教。小英在月子里哭了，她看了直心疼，说咱得帮小英，于是，隔三岔五约上我，买了猪蹄鲫鱼什么的，前去慰问安抚。有一天，天上下着"饭不烂"（雨夹雪），我骑着摩托车驮着她去看小英，走到广播局门口，一个趔趄，我们俩都趴在了地上。我顾不上自己，赶紧去扶她，当时她怀孕七八个月了，又是高龄，万一有个好歹，我就是千古罪人啊。

她见我歉疚，一个劲儿说："没事儿没事儿，看小英要紧。"结果还好，她只是嘴唇破了，没其他伤。当我们返回她门市，她另外一个妹妹胜芝看着姐姐的嘴唇慢条斯理地说："按说不应该啊，就你这牙，应该支出去二里地才对，怎么还硌破嘴唇了？"站稳有一排洁白略外翘的上牙，其实挺好看的，但我们就爱拿她的牙说事，于是，她妹妹的幽默让我们在狼狈中哈哈大笑。

前几年买房，因是二手，需交全款，便到处借钱。她知道后主动打来电话："我取了5000块钱在门市上，你过来拿吧。"我知道她没什么钱，干洗店刚开，外债还上就不错，所以说什么也不去。她张嘴就骂："甭废话！快滚过来！"于是，我激动地滚了过去。后来因压力过大人患抑郁，被好朋友红赞"逼"去海南，她听说后发来信息："用钱说话，好容易出去一趟，别舍不得花钱啊。"这句话直接让我落下泪来，要知道，我欠她的账还没还上呢。

这么傻的一个人还说我傻。昨晚聚会，小英跟站稳说，咱就一个儿子，也没个闺女，谁知碰上个什么样的儿媳妇？真怕碰上不说理的。站稳一乐："没事儿，万一碰上个傻的呢。"说完伸出小爪子冲小英指我。我说："算了吧，我够失败的了。要是你们碰上一个傻的，千万别欺负傻瓜，让人家看出来，就恶心了。"我当然知道她们不是那样的人，那样的人和我成不了朋友，人以群分，傻的度数不够都不会看上我，只是我们的傻经不住太多凉水，热情熄灭前赶紧呼朋唤友，相互疗伤，才能到现在还傻傻地活着，在一起。

站稳有才，唱歌动听，写字漂亮，但最吸引我的还是她的幽默。

　　好长时间里，一听到乌兰图雅唱《套马杆》这首歌，我闺女就说："听，俺站稳姨唱呢。"但是她参加县里歌唱比赛时并没有取得好名次，当着众多亲朋好友的面，她在台上紧张得直哆嗦，高音随着微风直抖。她发狠说："就是以后给我一万块，也不参加这破玩意儿，太丢人现眼了。"后来我也参赛了，找一首只有四句词的《别亦难》唱，以为比她有胜算，谁知第二句就忘了词。找她诉苦："本想唱《心恋》的，只是中间过门太长，徐小凤在跳舞，我在台上傻站着干吗？没听过这歌的还以为等着收钱呢。"她出主意说："你可以拿一本书上去呀。"

　　站稳的干洗店开在裕达华府东门口，离我单位近了，所以来往更密切。她每天忙得很，人能干又实诚，顾客自然喜欢，可最近因儿子找工作等诸多缠绕，心情不好。我以为她心情不好会像我一样，以躺着为主，结果她竟在百忙中拾起了书法，专门买一堆纸笔，只要一闲下来，就打开抖音，跟各路硬笔书法直播取经，一笔一画临摹名家作品。按她劳动量来算，根本没精力顾及精神追求，可她似乎有的是精力，最让我佩服的是她的激情与热爱，那是发自内心的，没有任何功利思想，完全只是喜欢而已。现在每天她都写上几十页，那股子认真劲儿，直叫我这个舞文弄墨的眼馋，决定向她学习。为了掩饰自己的懒惰，显摆有限才学，我劝她，"我正看《断舍离》，没用的就得扔，不然影响健康和家里风水。"她一乐："我一直在扔啊，没什么可扔的了，再扔就得把俺小子扔喽。"忽想起她给我们形容她和稳芝收拾出父母舍不得扔的一大包袱衣物，半宿落夜趁父母睡下，丢进村口道沟里的情景，不禁嘿嘿偷笑。

所谓有趣的灵魂，如果宋站稳同志没有，我看这世间也没几个人有了。这么多年丈夫常年在外打工，她一个人还要带孩子，还要打理生意，幸好有趣的灵魂陪伴。她教导出来的儿子照样有趣。那天，因有事没回衡水，和她一通电话，她说："到我家来吧。"我说："不了，你儿子在家呢。"她儿子接过电话来说："姨，我计划今天晚上到广场上去睡。"

文章写完后发给站稳看，她说就此打住。我问哪儿写得不好。她说哪都不好。我累得腰酸膝软，她却说直起鸡皮疙瘩，问我是不是没得写了？气得我脸红心堵："还不是你对书法的追求打动了我！"她说："我追求个屁啊，就是为了打发时间。"打发时间的人多了，怎么打动我的并没几个？唉！没想到写这半天，她还是不知道自己有多好。

◀ 连环骗

作为刚刚上任的派出所所长，我有点心虚，因为走马上任第一天，就碰到一个棘手的案子。

一位六十左右的老妇人来报案，说她接到骗子的短信，跑到银行汇走了十万块钱。说如果我们破不了案，她就不活了。

可这种案子是很难破的，骗子要不狡猾能叫骗子吗？

更可气的是，我们在农行了解到，她汇款的时候，大堂经理再三阻拦，问她确定不是被骗的吗？她说确定。她说得实在太肯定了，农行也就不能说什么了。

隔了两天，老太太来催问案子的进展情况。我委婉地说："你提供的号码已关机。你汇款的农行，工作人员已经提醒过你了，可你没听，也没说实话，所以农行没责任的。"

老太太厉声道："谁说没责任？他们拦得一点力度也没有。你看人家建行，我去汇款，连保安都上来拦我。后来见我支支吾吾地，大堂经理也出来劝说。我一生气跑到汇款机前亲自汇，他们见拦不住我，还关了电源。"

"那你还汇？"

"可当时我觉得他们并不是为我好，而是故意刁难我。所以我假装相信他们的话，说不汇了，因为我怕他们同别的行通气。当我偷偷跑到农行汇时，我便学聪明了，无论人家问什么，我都坚定地回答保证不是骗人的，他们便相信了我。"

"嗨，糊涂呀！"

"我可不糊涂，我看是农行的人没建行的人智慧，建行一眼就知道我被骗了，农行问个不停，问半天还是被骗了。"

"是您被骗子骗了，农行被您骗了。"我气得简直无语。

怎么办？老人显然闹不清该冲谁发火了，可能她现在最恨的还是自己，但她总得抓住根救命稻草呀。陪她一起来的儿子很少说话，眼圈始终红红的。

又过了几天，老太太的儿子打来电话问："张所长，你说实话，我妈那十万块钱还能追回来吗？"

"凶多吉少。"

"什么时候有结果？"

"也许不久，也许永远都没有结果。"

"既然案子这么难破，不如我这就给你拿十万块钱去。张所长，拜托你和弟兄们拿着这十万块钱给我妈送去，就说案子破了。不然，我妈非得死在这上头不行。那十万块钱，是她老人家一辈子的积蓄啊！"

我瞬间被这个大孝子所感动。那天他陪他妈来时，身上穿得相当寒酸，不知这十万块钱，他是费了怎样的周折才凑齐的。

他很快把钱拿了来，我也很快带着一干人马前去给老太太"道喜"。老太太眼都笑成了线，激动地说："小伙子，你真神了！"

我惭愧！

儿子看着妈高兴，便趁热打铁说："妈，钱追回来了，可咱得约法三章，以后一千块钱以内的花销您老做主，一千块钱以上，必须召开家庭会议，这样，您就再不会上当了。"

老人兴奋地答应着，抱着钱直流泪。

看到这幕感人的画面，我暗暗发誓：无论多难，一定要破了这个案子。

◀ 骗骗子

　　我是一个骗子，一个耳朵有特异功能的骗子。一个电话打过去，我能根据对方呼吸、语速、声调、口音等判断是男是女，是老是少，是穷是富，是傻是精。总之，诈骗是一门高难度技术活儿。

　　在骗了成百上千人之后，我感觉爬满楼房、铺满街道的沙子水泥正逐步硬化我的心，不安、歉疚、羞耻等一些和我不匹配的感觉已冰冻三尺。接下来是我的工作时间。

　　"喂——"

　　"喂，谁呀？"对方像是个老女人，在咳嗽，大概生着病呢，神志不清的样儿。

　　"妈……"我试探着叫了一声。

　　"……是强强吗？"老女人愣了一秒，很快问道。

　　"是啊，妈，我是强强。"我赶紧迎合。

　　"强强，你这是在哪儿啊？"老女人有了哭腔。

　　我回答在哪儿好呢？我："妈，我在外头。"

　　"快回来吧，孩子，妈想死你了。"

　　我灵机一动："妈，我也想回家呀，可钱包让人偷了，没钱买票。”

“多少钱呀？妈转给你。”

“5千吧，我还欠房东4千多块钱房租呢，不还上，人家不让走。”

“好，妈下午去银行转给你，我得先输液，不然人家也不让走。”

“太好了妈，以前那个卡丢了，我现在的卡号，发信息给您啊。”

“好咧，儿子。”

挂了电话，老觉得不踏实，还从没遇上过这么好骗的主，太有损我的职业水平啦。不对，没说下午几点联系，也没提谁联系谁，另外，我好像太急于求钱，忘了关心一下“妈”的病情。

今天可能真不在状态。打电话前看见一个人——我的初恋。远远地，她正死乞白赖吊着一个二百多斤重的胖子撒娇，而我的全部家当曾经就是被她这样骗去的呀。那时我也像这死胖子这么死胖，然后体重损半，钱财耗干，以致有家不能回。不过现在日子滋润了，也算发家致富了吧。富也恨，女骗子代表她们诈骗团伙不仅骗取了我的钱财，更骗光了我的感情。要不要举报她？那么，警察逮捕一个骗子的同时，会不会捎脚灭掉另一个骗子？还是别引火烧身了。一恍惚，大街上只剩了我一个人。

在我看来还没到下午呢，因为我哈欠正浓，手机铃忽然大作。

“喂！”我闭着眼没好气地接了。

“强强，妈在建行呢，想再求证一下那个账号，确实没错是吧？别打到别人卡上，钱可就追不回来了。"

我强行把自己从梦的深渊拉回，"那个什么，妈，没错，我天天默背的账号，错不了，您老放心打吧。妈，您的病好了吗？"

"好多了，好多了。"老女人的身边没任何动静，不对啊？

"妈，建行这会儿业务不多是吧？"

"我在取款机跟前呢，就我一人。钱转过去了，收到了吗，儿子？"

"没有啊。可能待会儿才到账吧。"我尽量掩藏惊喜，"妈妈，回家路上小心车辆，走慢点儿啊。"

"嗯。儿子，你从小就懂事，妈生你养你一场，这辈子值了。"

"妈——"算是回报吧，我这声"妈"叫得格外深情，连我自己都快感动了。

一下午，钱都没有到账。

一晚上，钱都没有到账。

第二天在出租屋一见太阳，我如梦初醒，老女人是个骗子。这该死的老骗子，敢骗骗子！

正当我无比气愤，手机来电话了。

"儿子——"

"别他妈占老子便宜了！"由于太激动，电话摁来摁去没关上。

"对不起……"

"滚你个老不死的吧。"问题不在于她骗了我，而在于聪明如我，竟然被一个六七十岁的老糊涂蛋耍得团团转，情何以堪，颜面何存？！

半小时后收到一条信息：对不起啊小伙子，我确实骗了你，我儿子……半年前就不在啦。但你的声音太像他了，我就想骗着你哄着你，让你多说几句话，还望理解一个当妈的心。另外，我没那么多钱，看病的钱都是借的，但我想你一定遇到了难处，才走上这条绝路的，我这就去银行啊，把卡上的三百多块钱都打给你，买张票回家吧，孩子。

不知道为什么，我的泪"啪""啪"打脸啊，一种冰雪融化的感觉荡漾心间，暖人肺腑，真想抱着个人大哭一场。

我缓了缓自己难言的情绪，鼓足勇气拨通老人电话。

"……别去打钱，妈，儿子有。我这就回家。"

◀ 遗失的红围巾

　　白梦已连续十四天不吃晚餐，脸明显瘦了。大半夜还在对灯表决心的晚自习，她常斜视着我抽屉里的零食吞口水。

　　"吃点儿？"

　　"不，吃就违背我神圣洁白完美无瑕的心意了。"

　　"狗屁！"我拿起数学课本敲了一下她的头。

　　我俩对着笑，神秘地，小声地，怕影响到埋头题海的小伙伴们，更怕招来压力大到气球一样的班主任，他会一巴掌捆在你脸上："给你家长打电话，回去反省！"

　　我不怕，爹娘顶多唠唠叨叨，最后还得把我一斤不落地弄回家去。白梦就惨啦，她爸妈经过成千上万个回合的战役，早离婚了，现已各自成家。巧的是，后妈后爸齐刷刷不待见她，导致亲爸亲妈也一个劲儿后悔生了这个孩子。三年了，一个月放一次假，没人接送过她。说好的一家抚养半年，轮上谁家接送，准有事。家长会更是没人参加。要钱最难。总是说到眼泪鼻涕一大堆，血脉才算打通，牙膏似的细流不足以维持最低开销，白梦若不是大骨头架子撑着，哪用得着减肥，人早脱相了。白梦没办法，读高一高二的时候，边在食堂帮工边上学，高三太紧了，不得不停工备战，好在爸妈在班主任的电话劝说下，答应咬牙跺脚也供白梦读完高中，像答应赞助仇家的孩子。不管怎样，白梦终于有了资金来源，不多，仅够学习生活。

"省钱干吗？"同桌多日，已相濡以沫，她瞒不过我。

"单纯为了美。"

"坦白从宽。"

白梦愣了一下，看来经过挣扎，不想挣扎了："买礼物。"

"给谁？"一种即将破案的窃喜让我乘胜追击。

"爱情。"

这倒让我目瞪口呆了，原以为她想讨好爸妈，尽管那二位不配。我环顾四周，我们班八十多号人，哪位是她的爱情？

"不是他们。"

"其他班的？"

"不是。是……"混乱的教室里，明亮的灯光下，她脸红了一下，不说了。

一起回宿舍的路上，我又逼问礼物的事，想旁敲侧击出她所谓的爱情。她当然还是不说。想着同学们都在无声地喊着，"杀呀——杀呀——"只有白梦还在独木桥旁赏花玩水，清风明月，谁呀，这么大魅力？

"还没买呢。看你。"白梦笑嘻嘻地嗔怪道。

当高考"利奇马"一样扑向我们，十几年的坚持竟如此不堪一击。有人哭，有人笑，有人考到一半疯了。学校为安抚学生情绪做了大量工作，依然状况百出。这天刚出考场，就见有个女生披头散发哭喊着跑向校门口，被迎面而来的英语老师一下子抱住。

"好了好了，没事啦。"

天啊，竟是白梦。我急步上前，问白梦怎么了。英语老师示意我别问了。

英语老师是九班班主任，兼教我们十班英文。他从来没发过我们班主任那样浓烟滚滚的坏脾气，总是以谈心的方式解决我们青春期问题。好几次，我看见他把流着泪咬破嘴唇的白梦叫出课堂，给她鼓励与安慰。

白梦安静下来，第二天的英语考试超常发挥。

高考结束。家长们挤破头颅迎接走下战场的骨肉。白梦只接到一个"行李别要了，自个回家吧"的电话，亲生母亲打来的。白梦说过，她从小被妈妈嫌弃，莫名其妙的各种嫌弃，让她无数次怀疑自己不是亲生的。倒是爸爸偶尔流露一丝父爱，但随着时间流逝，一切模糊起来，她也不确定是不是有人爱过她，她觉得自己就像大街上的流浪狗流浪猫。

她坐在宿舍的铺上，看着其他小姐妹的家长不停地收拾行李，忽然求救似的问："叔叔阿姨，要我的被子吧？要我的蚊帐吧？要我的洗脸盆吧？你们看还能用呢，扔掉多可惜。"

我也求救似的小声偷问我妈，"让白梦到咱家住一晚行吗？她无家可归。"见妈妈点头，我又高兴又难过。

睡到半夜，白梦大喊大叫。我摇晃她："白梦——"同时扭亮台灯。

她受不了强光，紧闭双眼。我看到一脸的泪。

以为她梦到爸妈了，结果不是，她说："我梦到英语老师跟我说再见，一转眼不见了。"

"这么热爱学习吗？"我想逗她开心。

"怎么办？可能……真喜欢上了。"

我一听急了："他可是有老婆孩子，快四十岁了。你才十七。"

"梦里看到他越走越远，那么憔悴，那么孤独，我恨不得为他去死。"

"别傻啦！"

"这些日子攒钱，就是想给他买礼物。天亮了你陪我去好不好？"

我抱住她小声说："这不是爱呵，傻瓜。你只是在他身上找到了爸爸的感觉。"

"爸爸的感觉……"白梦一哆嗦。

"英语老师一点一滴的关心，是你在家里得不到的，所以，才这么依恋他。"

"爸爸的感觉……"白梦回味着我的话，也回味着往昔，不得不红着眼珠承认，"唉。"

她重新躺下，看上去羞涩又柔情，像听话的小猫。我忍不住好奇地问道："想给英语老师买什么礼物？"

"红围巾。"

"啊？"

"他可以戴，也可以给他女儿戴啊。"她急急地分辩，好像我会阻止。

"为什么一定是红围巾呢？"

"嗯，红围巾，是我的最爱，我七岁时的生日礼物就是一条好看的红围巾。"

"谁买给你的？"我像碰一处伤口，印证某种猜测地小心问道。

"……爸爸。"她把头深深地埋进被窝。

"好，明天我陪你去买，买给……爸爸。"我赶紧拉灭灯，怕灯看见我一脸的泪。

"嗯。"白梦在黑暗里含糊不清。

不知怎么想起了《亲爱的小孩》这首歌："聪明的小孩，今天有没有哭，是否遗失了心爱的礼物，在风中寻找，从清晨到日暮……"

◀ 你喝过我一瓶矿泉水

汪丽丽人漂亮，却不是空花瓶，她的医术和医德都是整个医院最好的，所以求她的人特别多，但这也滋长了她的傲气，大家背后都叫她冷美人。

这天，来了一位三十多岁的妇女。这妇女一见汪丽丽就激动地说："呀！妹子，在这遇见你了？还记得我不？火车上，你喝过我一瓶矿泉水。"

"矿泉水？"

"对啊对啊，三个多月前。"

"可我最近半年都没出门了。"

"不可能，准是你贵人多忘事，记错了，我敢肯定就是你。你没双胞胎姐妹吧？"

"……没有啊。"

"这就对了嘛。妹子，你记性可真差哈哈。"

汪丽丽真没印象了，而且她正忙着查房，所以敷衍道："哦，有事吗？"

妇女急忙摆手："没事没事，我是来看我妹妹的，我妹妹就在你们医院里住着呢，刚生完孩子。"

汪丽丽见人家不是想求她才套近乎，反倒不好意思了，就主动说："哦，我就是这家医院的妇产科主任，我叫汪丽丽，如果有什么需要，找我好了。"

妇女惊喜地说："呀，是吗？那可太好了，我正愁找不着个人帮忙呢，我妹妹家条件不好，汪主任你看能不能少收她点住院费呢？"

汪丽丽一笑说："这样吧，我给她办张卡，有了这张卡，部分医药费就能优惠 30%。"

妇女自是千恩万谢。

一段时间后，妇女又来了。

妇女直接找到汪丽丽，一把握住汪丽丽的手腕子一顿摇："妹子。"

"你是？"汪丽丽又不记得她了。

"妹子，哦不，汪主任您好，又不记得我了？火车上，你喝过我一瓶矿泉水。"

"哦？哦。"汪丽丽已失去上次的热情。

"汪主任，是这样，我爸爸脑血栓犯了，麻烦你跟脑科主任说说，也给我爸爸办张优惠卡，好吧？"

汪丽丽有些不自在，纠结半天，支吾半天，但也勉强答应了。

妇女千恩万谢。

一段时间后，妇女再次找到汪丽丽说："汪主任，这回没忘了我吧？火车，矿泉水。"

汪丽丽不吭声，等妇女下文。

妇女说："妹子，姐再求你件事，我姑家的儿子考大学体检，正好在你们医院，你去帮着说说，不就有点近视嘛，还不到200度呢，算他合格得了，这关系孩子一辈子的命运啊。"

说得这么在理，汪丽丽只好磨蹭着去问。

妇女根本不看汪丽丽那鄙夷难看的一脸酱色，只兴奋地说谢谢谢。

一段时间后，妇女又找到汪丽丽说："妹子，我婆婆病了……"

汪丽丽烦了，冷冷地说："我不认识你。"

妇女急了，往门外瞅瞅，红着脸压低声音说："哎，你忘了？火车上，你喝过我一瓶矿泉水。"

"忘了，早就忘了，也许根本就没这么回事。"汪丽丽想夺门而去。

"你，你，你怎么能这么说呢？！我当初好心帮你，你不能翻脸不认账啊。这也——好——好——"妇女气不过，先行一步走了。

不久妇女又来了，这回她可不是来找汪丽丽帮忙的，她现在恨不得永远不见这个忘恩负义的女人。只是，这里的妇产科是全市最有名的，她又是大龄产妇，还是怎么保险怎么来吧。

保险也有危险，这不，刚才妇女还大声哭闹着在手术台上挣扎，现在光剩呻吟了。按道理这样特殊情况的产妇，都得由汪丽丽亲手操刀，谁知妇女指名道姓不让姓汪的碰她一下，汪丽丽只好袖手旁观。

想不到就出事了。小护士急火火地跑出手术室，向主任值班室飞奔而去，一见汪丽丽就慌张地说："主任，不好了，2病室3床那女的忽然大出血，咱血库没血了，到血站又怕来不及，半夜三更的，可怎么办呢？张大夫实在没辙了，叫我来问你。"

汪丽丽边站起来往外走边问："病人什么血型？"

"AB 型。"

"那就好办了。快走。"

看着汪丽丽汩汩流出的鲜血，小护士心疼地问："主任你不要命了？你自己的身体还贫血呢？你又不认识她，凭啥为她献这么多血啊？"

汪丽丽想了想说："嗯，大概因为我喝过这大姐一瓶矿泉水。"说完忍不住俏皮地笑了。

护士还在那儿纳闷呢，就见那妇女苍白的脸上写满歉疚，紧闭的双眼，两行浊泪脱缰而出。

一向不爱笑的汪丽丽，这回忍不住又轻轻地笑了，笑得很甜。

◀ 你不说，我不猜

学校食堂里的饭菜真难吃，芹菜炒得像干柴棒，西红柿炒鸡蛋快成西红柿鸡蛋汤了，馒头咬一口就像是剩的，米饭里暗藏着细碎的沙粒。我瞪着自己亲手打回来的饭菜，不得不叹息一声，然后埋下头自食其果。

正吃得满腔暴怒，宿舍长黄亚雷来了。他都没敲门就进了我的办公室，这让我好不恼火。不容我发作，他擦擦头上的汗，结结巴巴地说："魏，魏老师，出事了。"

原来，539宿舍的杨乐丢了300块钱。

一

这个学校有点特殊，每年招生都招不够，来的孩子都是其他学校不要的，甭看学习不行，一个个歪门邪道多着呢。我很怵头跟这些孩子打交道，可我想去一中二中那样的好学校，人家不要。

我硬着头皮随黄亚雷到539宿舍看现场。

杨乐正默默地坐在床头流泪，几个男生围着他小声安慰着。我清了清嗓子，问："杨乐，当时你把钱放哪儿了？"

"枕头底下。"

"没关系，宿舍外头有监控，老师很快就能帮你破案，别哭了啊。"

"外头？可这……"杨乐欲言又止。

我听了心下一惊，是啊，万一是本宿舍人偷的怎么办？这学校管理不严，进进出出的很是随便。我逼着自己先冷静十秒钟。

夜里，借查晚休，我求学校保安将539宿舍外的几个监控录像均回放了好几天的，没发现任何可疑画面。于是，我知道了。539宿舍八个男生，除杨乐外的七个都有嫌疑。会是谁呢？不管是谁，新学期刚他妈开始就偷钱，简直贼胆包天！

我要给这七个男生开小会，我要个别谈话，我要让他们互相咬扯……总之，我要把不要脸的小偷诈出来。

二

当七个男生参差不齐地站在我面前，我向他们一一看过去时，发现一张张小脸上既写着紧张，也透着不被信任的倔强。高中一年级的学生正处于叛逆期呀……我在瞬间便完成了同自己的谈判，脸上的表情也换上了暖色。我的眼睛开始像机关枪一样来回扫射他们的脸，并像蹩脚狙击手那样永远锁不住目标："老师相信你们都是好孩子，都不会无缘无故拿同学钱，一定是真心遇到了难处。如果有难处，私下跟老师说，老师帮你。但是孩子，伸手会成为习惯的，你愿背负这样的污点，耻辱地过一辈子吗？

七个男孩子使劲低着头，好像集体偷了东西。我的心莫名一阵疼痛，暗自庆幸没有愚蠢地叫他们相互揭发，人人自危。

"这样哈，老师不知道你是谁，同学们也不知道你是谁，但是我们都愿给你一次改过自新的机会。

"你们七个人，从现在开始，每个人单独在宿舍待够 3 分钟。这 3 分钟，足够把钱还给杨乐了，事后，谁也不要怀疑谁，老师也绝不追究。

"好，开始——"

同学们面面相觑。为缓和一下这七个人的紧张情绪，我补充说："哦，对了，魏老师希望有那么一天，当你有勇气承认今天的错误时，可以给老师来一封信，到那时，相信咱们今天这事儿，早已成为笑谈。"

我指着一个男生："从你开始吧，我们上楼道里等着，别忘了把宿舍门锁上啊，到 3 分钟，我过来叫你。"

三

活动结束，黄亚雷激动报喜："杨乐的钱回来一百。"我舒了口气，嘱咐道："别声张啊，这个同学还在做激烈的思想斗争，我相信他是好孩子，会把钱全还上的。"

"……老师为什么这么肯定？"

"如果他不是好孩子，这一百也不还了，如果他不是好孩子，早把全宿舍的钱偷光了。"

"是啊，他为什么只偷杨乐的？"

"杨乐家庭条件是全宿舍最好的呀。"

果不其然，三天后赃款全部到案。之后三年，我们班再没出现过偷盗事件。

　　这拨毕业生走了四年后，我收到一封部队来信，一封我认为永远不会收到的信。

　　"魏老师您好！

　　"还记得当年那件被你轻描淡写成'笑谈'的宿舍偷窃案吗？300块钱于少小的我们而言可不是个小数目，到现在我也不认为可以拿来笑谈。作为一名侦查专业毕业的您的学生，我想好奇地问一声，您猜出作案者是谁了吗？这么多年过去，也许您真的不知道那人是谁，但我始终知道。

　　"魏老师，谜底揭晓前，先听我讲个故事好吗？

　　"我是单亲家庭孩子，只有妈妈，没有爸爸。从小得了不少外号，野种，私孩子……反正怎么难听怎么解气，他们怎么叫，好像叫我声难听的，他们就出息了，胜利了。

　　"小学四年级，班里的丹丹丢了块新买的橡皮，恰巧我也买了一模一样的，老师一口咬定我偷了丹丹的，叫我赔她。我含泪回家同妈妈哭诉，结果妈妈不信任地盯着我，一个劲儿问：'是不是你偷的？是不是？是不是？'说着打了我。

　　"从那以后，我就开始偷东西了。怎么也被认定是贼，何不破罐子破摔。但也仅是偷些小小不言的东西，从没偷过钱。直到那次——我偷得实在刺激了点，叫杨乐这小子发现了。

　　"一开始我吓坏了，他大嚷大叫的，吵着让我这个宿舍长赶紧报告老师。后来我平复一下心跳想，我不去报告，他也会，而且还会怀疑我。我有个奇怪的直觉，永远不会有人查出是我干的。但毕竟做贼心虚，这让我坐立难安。我发誓不还钱，再难也要挺着，反正没人相信我是好人，何不痛痛快快当恶人！但是，我被老师的智慧和宽容打动了，就试着还了一百。如果老师一边说着信任的话，一边只为把小偷诱导出来，我就撕票。结果老师您亲口对我说，'我相信他是好孩子'。

"老师，您知道这句话对我多重吗？我亲妈都不相信我是好孩子，才见面没几天的您却信，您当时的表情好笃定呀，这让我想大哭一场。

"三年高中，我拼命学习，只为不辜负老师您的信任。可我到底没勇气承认错误，为了让自己变得勇敢一些，我刻意考取了最锻炼人的军校，我要堂堂正正做人，配得起老师那声好孩子。

"现在，老师也一定知道我是谁了吧，不知道我还有没有资格叫您老师？其实我是不愿再叫老师的，因为，我想叫您一声妈妈，我在心里偷叫七年了……"

这么多年，学校食堂里的饭菜还是没多大改进，芹菜炒得像干柴棒，西红柿炒鸡蛋快成西红柿鸡蛋汤了，馒头咬一口就像是剩的，米饭里暗藏着细碎的沙粒。我龇出满嘴老牙拼命咀嚼，不时吸溜两口西红柿炒鸡蛋，别说，就这汤好，挺有滋味，齁得人两眼通红，比汤里的西红柿还要红上几倍。

◀ 修　鞋

在宝云街上，有一个修鞋老头，你什么时候看见他，都在埋头补鞋，不知哪儿来那么多鞋需要补。他左边一个补鞋的，右边一个补鞋的，但对于我们这些老主顾来说，除非他没出摊，我们又急着用，才会找那二位。为什么？当然是手艺有差别，另外老头要价公道，粘个鞋帮、钉块粘扣什么的，根本不要钱。

伴随着周围一栋栋家属楼的崛起，是宝云街一天比一天的热闹。卖什么的都有，你在街上转一圈，家里什么就全了。经常是，自行车撞了摩托车，走着的碰了蹲着的。时不时地，就有各种口水战，拳脚战上演。当然，只要是热闹事，就不乏围观者，中国人向来喜欢看别人笑话。

这天，宝云街上来了个乞丐，很年轻，一来就支好摊子唱上了。先前也来过不少乞丐，各种说辞，有老娘病危的，有肢体残疾的，有孩子等着手术的……一个比一个可怜。大家一开始还心生怜悯，扔个一块两块，乞丐一多就麻木了，统一把他们称作骗子。只有极少数妇女儿童还在忍不住掏钱，想象着人家可能真的大难临头了。

这个乞丐脸很脏，看不清肤色，大胡子在嘴前飘飘荡荡，迎风招展。尤其他的衣服上充满洞洞，很是抢眼。他唱了几首爱情歌，吸引不少年轻人。老年人走到这儿看到一圈人，也不走了。

乞丐见人围得差不多了，手握喇叭低缓地说，我的爱情被一栋楼毁了，因为没钱买楼，相恋八年的女友离开了我。所以我得挣钱，想通过才艺挣一套楼钱。希望好心人伸出您的援手，支持一下可怜人。说着，哭了。

够实在！够敞亮！够情义！围观的人悄声议论，心软的开始掏钱。

这时，旁边一直埋头补鞋的老头多了一句嘴，干吗这么个集资法，既有才艺，何不去参赛？来钱多，也快。

掏钱的动作都慢了下来，对呀，咱这一块两块顶个屁用啊？

年轻乞丐恼恨地盯着补鞋老头，吃撑了吧？

乞丐说来就是年轻呀，他不知道补鞋老头在这条街上的威望，但是围观的人们知道呀，他们纷纷把钱塞回口袋，骂声，不是玩意。

乞丐见人们走光了，就想重新吸引一拨人，可唱了半天，也没几个捧场的，有点泄气。

补鞋老头又说话了，你就是到工地当个小工也比这挣得多呀。

乞丐真是气坏了，说得轻巧，那活是人干的吗？你怎么不去？

补鞋老头一乐，小伙子，要么就有过人的手艺，要么就舍得吃苦，楼钱可不会自个奔你来。

乞丐不愿听这种废话，打算往前走走换个地儿唱。补鞋老头叫住了他，哎，你的鞋破了，我帮你补补吧。

哈，搅了我的生意，倒做起我的生意来了？

你误会了，我免费给你补。

乞丐费了很多周折才找到这么双破鞋，他才不愿补呢。

但是补鞋老头说，没人看你的鞋，我是觉着你走路太不方便了，放心，就凭这双鞋脏成这样，就是修上，也只配你这样的乞丐穿。

这话真难听！乞丐想急，一转念，好，让他修，不修白不修。

鞋修得好，针脚细密，看不出修补过，穿在脚上也舒适。忽然，乞丐定在了那儿，他看到了什么？一条腿下边是一只脚，另一条腿下边什么都没有，只有空荡荡的裤管随风发抖，诉说着补鞋老人的不堪。

你，你的脚？

哈哈，那年为救一个孩子，被石头砸的，截肢后就这样了。

可……您没脚，却天天给人修鞋……心里不难受吗？

靠手艺吃饭，难受什么？

乞丐看着老人慈祥的面容，眼圈红了。

其实也难受啊，就因为没脚，打了一辈子光棍。修鞋老头苦笑着。

乞丐一分钟也待不下去了，再待下去，他一定会哭。他掏出五块钱递给补鞋老头，大爷，修鞋收费，天经地义，您收下！

说好的免费。

不行！您一定得收下！

……好吧。

一场南辕北辙的爱

乞丐打算告辞了，竟又不舍，大爷，我得走了。说着想起什么，急忙把脚上那双脏得面目全非的鞋扒下来，投进近旁的垃圾箱里。

光脚走啊？修鞋老头关心地问。

大爷，我就是想用实际行动告诉您，您不只是修好了我的鞋，也修好了我的脚。年轻人哽咽着说完，头也不敢回地走了。

◄ 千里共婵娟

十八岁我才知道自己背负一身血债——我的亲生父母在我出生后不久被奸人所杀。外婆临死告诉我仇人是谁，我听出一身冷汗。要想为爹娘报仇，唯一的出路就是拜江湖老大"柳叶没"为师，据说他飞一片柳叶，在场多少人都会没命。

但"柳叶没"是不收徒弟的，打算拜他为师的人最后都送了命。我想试试。

江北烟囱崖旁一大片柳林就是他家。正值春天，垂柳含羞，碧波荡漾。柳林深处一座木头房子，院里一身荷绿装扮的姑娘亮在我的眼前，使得院外争春柳树逊色很多。姑娘自称娟，并催我快走，说等她爹回来我就惨了。

我自报家门，在下无为，从小饱读诗书，喜欢弄剑，想拜师学艺，报效朝廷。

娟说，公子，我跟随家父多年，对武功略懂一二，不妨切磋一下如何？

我拔剑，娟飞叶。几个回合下来，我的剑险些被她的柳叶砍断。

我心下一惊。

娟又说，把动作放慢比试可好？

这正合我意，我正想熟记她的招式。

直到一声怒喝，我们才停下来。"柳叶没"回来了。他只看了我一眼，我就觉得后背火辣辣地疼，用手一摸，一片柳叶不知何时插进了肉里，血直往外冒。

真是家贼难防！谁让你偷教他武功？

娟羞愧低头。

我上前一步拱手抱拳，柳前辈，在下想……

可以，先吃我100片柳叶。

100片？一片就这样了，100片绝对送命啊。我见娟关切地盯着我，忽生一计，说，想让您把娟嫁给我。

什么？色胆包天的东西！"柳叶没"脸都气绿了，我没回来之前，你们是不是做了苟且之事？

我故作慌乱。娟一时愣住，红着脸说，爹。

你们！

爹，您就成全我们吧，我愿意嫁他。

我成了"柳叶没"的女婿，自然也成了他的徒弟。我苦练绝技，几年后终于称霸武林。报仇的日子到了。

我说，娟，你带孩子到烟囱崖玩吧，那里的花开了。

娟说，一起去吧。

我说，一个时辰后我去找你们。

她盯我半天，点头，进屋抱孩子。

我赶紧跑到西屋磨剑，其实我的柳叶功已炉火纯青，但我更想用爹这把剑为他报仇。

再返回院里，一时有些恍惚，垂柳含羞，碧波荡漾，这不是我初见娟时的情景吗？

我叫一声，娟——

没人。

也好，有些事确实不能让她看到，几年相处，我发现娟是那么善良贤惠，很难想象她是我仇人的女儿。

是的，"柳叶没"伙同宦官残害了我的父母，他不仅是我的仇人，也是天下人的罪人，我今天就是要替天行道，除掉这个奸贼。

"柳叶没"一直防着我的，但不知今天怎么了，喝了很多酒，然后滚到南屋的炕上睡了。

我几乎没费什么力气就把他杀了。在他咽气前，我说我拜师就是为杀你。

他问，娶娟呢？说完流下泪来，眼睁睁死去。

这句话戳痛了我，无数次就是因为娟，我没有动手。但上午来了一位宦官，他们又谋划着杀朝廷重臣。我想，是时候了。

娟肯定不会原谅我，谁会跟一个杀父仇人一辈子？

当我忐忑地赶到烟囱崖，却看到那娘俩正守着两个包裹坐着。包裹？我说，娟……

我都知道了。

知道什么？

你满眼仇恨而来，梦里都喊着杀我爹。

对不起。

我明知你不爱我，明知引狼入室，却还是这么做了。我想替父赎罪。

就只赎罪吗？我的心一寸寸变灰。

是。这样说着，她落下泪来，如今我要回家葬父，你带孩子走吧。

她走向柳林。我抱着孩子去提包裹，不小心包裹散了，一件又一件她的衣服掉了出来。我顿时心里一惊，一乱，一疼，一暖。

折回柳林，我跪下去叫了声爹，我说，爹，杀你实属无奈。

以你现在的功力，杀得了他吗？娟的声音有些冷。

当然。

别忘了爹没参赛，他的绝招一个也不曾教你。

可我还是杀了他。

那是因为……我在他酒里下了毒……

不可能，你怎么知道是今天？

我不知道，我以为你看在我的份上永远下不去手，我不想爹继续作恶，也令你为难。结果你不为难。

我为难了，不然早就……

你走吧。

我偷偷拧了把孩子，孩子马上大哭起来。娟哭着说，等我喂饱了孩子就走。

我已拿定主意，这么好的女人，去留都要一起。当初千里奔来，满心是恨，还没顾上和心上人共婵娟呢。

◀ 都没做错什么

女儿三岁多的时候，我们家正欠债累累，所以每当她脱口而出那个吓我一身冷汗的"买"字，我就英雄气短，恨不得当场辞去为娘一职。

那是 2005 年的春天，衡水宝云寺挤满了求签拜佛的人。因距离我家不远，我们一家三口也去凑了个热闹。

寺庙外长长的道路两旁各种买卖云集，吆喝声此起彼伏，像打架一样。五颜六色的货物更是夺人眼球，清爽的空气中不时飘过一阵阵食物香味，引逗的女儿眼都直了，哈喇子都出来了，因事先答应什么都不买才带她来的，这会儿她干着急，也不好意思张嘴要。

其实我兜里揣着十块钱，见女儿那么小那么乖，就在她再也舍不得走的气球摊旁，挑了一个粉嫩粉嫩的大气球，递给了她。她兴奋极了，不敢相信地看看气球又看看我，眼泪开始在眼圈里转。

卖气球的老妪见缝插针："粉色的就剩这一个了，供不上卖，才两块钱一个，快给孩子买一个吧。"

买一个就买一个。我把十块钱递出去。

守着孩子飞气球，见细细的红塑料杆在孩子小手中那么活泼快乐，我也受到了感染，所以当老妪找钱时，我吆喝一声孩子她爹，你拿着。

他接过钱去买了三炷香，回来好不容易找到我们，说："咱去上香啊？"

我不太信鬼啊神的，就有点心疼他花这冤枉钱："买一柱还不行啊。"

他说："买一柱四块钱，买两柱送一柱，这三柱才花了八块。"说着，递给我一沓钱，"给，这是刚找回来的钱，还剩九十。我去上香了啊。"说着，他走了。

什么？我立刻意识到了什么，拉起孩子转身朝卖气球的老妪那儿奔去。

"大娘，刚才您找错钱了……"

话还没说完，老太太就火了："别蒙俺这农村来的啊，俺可没多要你钱！俺起早贪黑做个小买卖难着呢……"

"是您多找给我钱了。"我赶紧解释。

她吃惊地瞪着我。我把她多找的九十块钱还给了她。她好一会儿才反应过来，脸上的褶子争先恐后向浊眼涌去，大嗓门喇叭一样敞开说："谢谢谢谢啊，谢谢谢谢啦。"

见她激动成这个样子，我也开心，边说不客气，边牵着女儿的小手打算离开。

女儿的脚像生了根，她好看的大眼睛正恋恋不舍地盯着一个翠绿翠绿的气球看，不敢说要，却又分明起了贪心。

老妪见状，赶紧勾引："绿的也就剩这一个了，不如再给孩子买一个，凑一对儿。"

我尴尬一笑说，不了。

"挣那么多钱干嘛？不就为孩子花的吗？闺女，管你妈要，她不给买，咱大了不疼她。看这气球，多好看啊，是吧？"老妪劝不动我，就忽悠孩子。

女儿也不争气，竟真的手一伸说："俺要俺要，买——"

"咱头来怎么说的？"我凑近她耳朵小声提醒。

她愣了愣，继而放声大哭："买——"

"不买！"我气坏了，大声吼道。

"买——买——"女儿反了。

"这俺就得说你两句了，大小不就是个气球吗？给孩子买两个不才四块钱啊，值当这么骂孩子！看你戴个眼镜也像个文化人，啧啧啧，没见过这样的。你不是孩子的后娘吧？"老妪撇着嘴，整张脸都被她撇耷拉了。

"……大娘，您不了解情况，我们家买房贷的款，首付都是借的，家里根本没闲钱，这趟出门我也只带了十块钱，两块钱买了您的气球，八块钱她爸爸买了三炷香，现在我兜比脸还干净，拿什么给孩子买呢？"

女儿像是听懂了我的话，不哭了也不闹了。

老妪肯定也听懂了我的话，酸溜溜地说："那是没法买啦。"

又盯着我女儿补上一句，"快跟妈妈回家吧啊，乱花钱的孩子不是好孩子。"听语气她有点怕女儿接着闹，孩子真要死要活地闹，我尴尬，她也不见得不尴尬。

旁边一个卖花椒大料的老头看不下去了："你这老婆子，人家把九十块钱都还回来了，还不赶紧白送给孩子个气球，叫我的话，白给孩子两个。"

"一码归一码。"老妪红着脸白着眼怒道。

回家路上，女儿忽然小大人似地道歉："妈妈，我错了。"

"为什么这么说呢？"

"说话不算话呗。"她有点害羞。

"后来怎么想开了？"

"嗯……你跟那个奶奶说话，我看见你都快哭了。"

怪不得女儿那时不哭也不闹了。我一把将女儿搂进怀里："你没做错什么，我的好宝贝。"

"那谁错了？"女儿像平时爱较真的我，一定要分个黑白美丑。

我长叹一声，想了想说："都没做错什么。"

◀ 另一种抱怨

只要王春一坐到对面，她就会想起自己的愚蠢。你看你看，王春的脸偷偷地在改变，变得好难看。

她一边看挂钟，一边加速手中的速度，一边忍无可忍地嘟囔道："也太不说事儿了。"

来科里串门的同事小周看不惯地说："你活该！反正领导把活撂给她了，耽误了是她的事儿，谁让你干的？人家王春求你了吗？领导逼你了吗？"

她没时间想这么多，她只知道，这项工作不能隔夜，再不快点，下班前是干不完的，而再晚，班车就没了。

她眼花缭乱，心烦意乱，她听到身后有动静，烦躁地说："小周，你说王春老不来上班，领导不知道啊？我对领导说过好几遍了，叫领导做她工作，也不知领导找没找她谈？我说她又不听，真是烦死了，忙的忙死，闲的闲死……"

"杨笑笑，合着是你到领导那里踹我去了？"王春这一声惊雷可把杨笑笑震傻了。

"怎么……怎么是你啊？你不一般下午都不来的吗？"杨笑笑乱了分寸。

"我还纳闷呢，怎么上午领导找我时，对我了解得那么透彻。你可他妈真是一个不折不扣的活踹子！"

"踹子？我踹子？到领导跟前无中生有才叫踹子。我帮你干了多少活啊？耽误事儿，领导批的是你，不是我。"

"谁用你帮了？"

"你以为谁愿帮你？不是怕误事啊！"

"公家的事儿。谁他妈像你这么认真？"

"你吃着公家饭，凭嘛不给人家撞钟？"

两个人越说越多，越说越激动，最后打了起来。

班车早就走了，杨笑笑也没有走成，因为领导要谈话。

领导说："王春，你多大岁数了，还这么冲动？你干工作的时候，怎么没这个冲劲儿啊？杨笑笑，你助人为乐本来是高尚的行为，可几句抱怨一下把事闹大了，费力不讨好。"

领导又说："王春，杨笑笑这些日子为了帮你，颈椎腰椎病都犯了。杨笑笑，你知不知道，王春对你很感激，上午还说要送你礼物的。"

礼物就是王春拎着的手提包。手提包是王春亲自织的，是她上午听了领导劝解打算回报杨笑笑的礼物。其实王春在办公室门外偷窥了好半天，当她看到杨笑笑忙成那样儿，而且忙的全是她该忙的工作时，她的良心不安起来。她打算给杨笑笑一个惊喜，便悄没声地站在了杨笑笑背后。谁知这个举动一举粉碎了两个人的貌合神离，现在连貌也离得十万八千里了。

杨笑笑后悔得肠子都青了。

如果她不帮着王春干活，甚至自己的活也学着偷懒，领导顶多说她能力有限，或者说她工作太多忙不过来。而王春的活，她什么时候来什么时候干，心里不高兴也只能埋怨领导，恨不着她。现在好了，累也受了，人也得罪了，还显得自己低素质，没气度。

杨笑笑不再抱怨，只是新的苦恼又来了：只要王春一坐到对面，她就会想起自己的愚蠢。你看你看，王春的脸偷偷地在改变，变得好难看。

杨笑笑在日记中安慰自己道："脸色有什么好看的？色又不正。"可她每天都忍不住看王春的脸色，看领导脸色。后来又不断看同事脸色。因为这件事对她打击太大，她觉得她真是太失态太失败了。她觉得全世界都在嘲笑她。

后来她才发现，她真正后悔的不是自己曾抱怨了什么，而是这种抱怨被不该听到的人听到了。

当然，即使不被人家本人听到，还有传播这个途径。

于是杨笑笑的后悔，全部搬迁到日记上。杨笑笑写道：自以为是在掏心窝子，谁看？什么也别掏了行吗？付出就要快乐地付出．别去苛求别人同等付出。

事实还是失控的。杨笑笑大声说笑，王春的眼白了又白，杨笑笑一言不发，王春的嘴歪了又歪。

杨笑笑的心情可想而知．每天都在煎熬中。有时她也乐观地想．一切都会过去的，只要自己不再抱怨。

王春终于退休了，杨笑笑该松一口气了吧？但她没有。

领导说："你不快乐，是因为你一直在抱怨。"

杨笑笑反驳说："我没有。"

"没有？你可知道，后悔是另一种抱怨。"领导说。

◀ 我依你

晴儿离婚了，约我和婉儿过去陪她吃顿饭。我们都毫不犹豫地答应了，因为我们早就是闺蜜。

晴儿的事不是一日之寒。她先生是个当官的，管人习惯了，被晴儿一管浑身不舒服。晴儿呢，一堆的臭毛病，不准先生回老家给他爹上坟，老家人一个不准上门；不准先生在外面过夜，先生一提出差，接下来便是晴儿没完没了的盘问和翻兜；不准加班，更不准找借口逃避家务。

晴儿一把鼻涕一把泪地说："谁知他翻脸这么快呢？我以为他为了往上爬肯定注意影响，绝不敢跟我离婚的。再说了，老家没一个好东西，除了借钱就是求他办事，她娘又欺负我。还有他说我不信任他，但他领子上的口红印和鞋子里的黄头发怎么解释？还有家务，你们看我才做的美甲，适合干家务吗？他要再不干谁干？你们说我过分吗？凭什么我这么美丽善良却让人家给踹了？"

婉儿安慰她说："我还没像你对人家要求那么多，你看我就被打成什么样了？只要一喝酒，我就在劫难逃。不过有孩子了，我得忍着。现在这年头，找个听话的太难了，和你漂不漂亮没关，你看林儿漂亮吗？可人家就找了个百依百顺的。"

我不好意思地点了点头。

晴儿气不过："林儿你说，我比你差哪儿了？"

"你哪儿都比我好，你是漂亮大气上档次，我就是丑小鸭。"我由衷地说。

"可你却被你家先生当成白天鹅供着。"

婉儿加一句："传授一下秘诀呗。"

我想了半天也不知说什么。

那两鸟可不打算放过我，她们叽叽喳喳地说，你光说你先生听你的，是不是吹牛啊？如果没秘诀，那你举几个有说服力的例子。

例子太多了，我就举两个最近的吧。

二人拍了拍手，跺了跺脚，表示同意。

前些日子我婆婆得了脑瘤，老家那几个大伯嫂都不同意动手术，她们怕花钱。我和先生的状况你们也知道，买房的贷款还没还上，所以先生也像他的哥哥们一样保持沉默。我特别生气，人老了难道只剩下等死了吗？我私下对先生说："他们爱管不管，手术一定得动，咱就当是咱一个人的老人，反正欠一分也是欠，欠十万也是欠。先生当时就对我拍了胸脯，他说行，我依你。

还有上个月先生有个同学聚会，他在学校的初恋也参加了。为了让他在女同学面前保持形象，我特意跑到大楼为他买了一身名牌。后来他那个女同学心血来潮要到我家坐坐，一接到电话，我就慌忙收拾起来，我不能让人家笑话我先生眼拙。他的初恋非常漂亮，而且在一所名校任教，只是美中不足，现在依然单身。当她起身告辞的时候，我偷偷对我家先生说："你叫辆出租，陪她到车站吧，大老远来啦，得送送人家。"先生当时就眼含了星光，他说行，我依你。

那两人都听呆了，这也叫依你？你傻不傻呀？说完就笑，直笑到流泪，因为声大，服务员还进来阻止了一回。

我说，啊，怎么了？难道这不是依了我吗？

是，怎么不是，只是……

呵呵。夫妻贵在信任和尊重，得相互心疼，才能长久。你们看现在，我家先生每天哼着小曲干家务，在我不知情的情况下，就跑到我娘家干活去了，我想吃什么，他立刻去买，总之，我放个屁，他都说是香的，无论我提出什么样的要求，他现在都只说三个字。

不同意？

不是。

我爱你？

行了，别逗了。你们懂得，我依你。

笑闹戛然而止，室内是长久的沉默，饭菜愣在那儿，茶渐渐地凉了。此刻，大概只有那两颗心沸腾着，看得出，她们受到了刺激。

◀ 死水微澜

．．．．．．．．．．．．．．．．．．．．

她不敢开灯，生怕那一灯明亮将心事曝光。对她而言，夜是静的，电脑是静的，睡了的丈夫是静的，关进寄宿学校的儿子是静的，自己看上去也是静的，唯有 QQ 那端的他知道，她的心正在飞来飞去。

婚姻早就像一潭死水，也许当初嫁人就是个错误，但谁也回不去了，为了孩子，她只好挣扎着任自己沉没。

他是她一个交情挺浅的老乡。但远在外地的他总是对她说："一个人，在他乡，好寂寞呀！"她就笑笑说："把嫂子带出去呀。"他却说："可我现在想的是你。"这样的话说得多了就有效果，终于，她在一个夜里忍不住对他说："其实，我也寂寞。"他真是太懂女人了，赶紧见缝插针："来吧，我等你。"

她偷偷地去了，带着罪恶的灵魂和贪婪的欲望，他照单全收。她天真地说："都这样了，是不是我就是小三了？"他认真地说："我怎么能让你当小三呢？你嫂子知道了还不打死我呀？"她不明白："我们？"他明白："哦，时下正流行一夜情，一种成人游戏而已。"

从此，她戒了网。

旅游是她的一大爱好，从前是因为没钱，如今钱也不多，可想开了。外面的世界一定很精彩，何不出去转转呢，当散心了。

一个人背包来到大连，干净的城市干净的海，她的心情好了很多。这些日子她快喘不过气来了，因为那个一夜情，就连原来耐心指点她的人，都变成不耐烦地对她指指点点了。还是外边好，无街坊之干扰，无丈夫之牢骚。就让这世界纯净一些吧，忘掉过去的荒唐，一点一点填充自己，人的内心一丰富，就什么都有了。

可是她迷路了。在陌生的城市，她有点害怕。这时她想起在大连的一个老同学，赶紧拨通了号码。

上学的时候，她就非常喜欢这个老同学，现在更是在期待中惴惴不安。他会来吗？自己毫不犹豫地第一站就来到大连，潜意识里就是想见他一面吧？终于，他来了，依然那么精神那么帅。她先脸红了。

老同学请她吃了饭，客气地挽留她多住几天。她非常想不客气地留下来，但老同学的客气让她不好意思不客气。最后，她只好客客气气地告了辞。

回来的路上，她百感交集，也许一辈子都不能再见了，我为什么不和他多待会儿呢？她马上用短信告诉他：其实，多年前我就喜欢你。你的热心，你的才华，令我折服。他也马上回应道：多谢抬爱！她觉得自己还没有表达清楚：我是说，曾经，我深深地爱过你！他回信道：多谢！她无话可说了，人家一下把距离拉成两万五千里，井水河水最好两不相犯。

回到家，她又收到他一条短信：其实，我也蛮喜欢你的。她为这句话又折回到大连。一路上她纠结万分，万一人家的这句话也只是客气一下呢？

结果一下车，他就把她结实地抱在了怀里。她激动极了，浑身哆嗦不停。他说："走，我带你去一个地方。"他在宾馆开了房，她觉得她找到了真正的爱情，忍不住幸福地哭了。

两天后，他说："我很忙。"她知道，这是逐客令。她理解，身为一个公司的年轻骨干，他一定很忙的。但她有不舍，再看他，已露出鄙视的神情。她看清了，并不拖泥带水，背起行囊上了火车。

从此，她戒了爱情。

柴米油盐中，她的青春一天天被煎炒烹炸，但她心如止水。

平淡中总有波澜出现。她虽然没有过人的姿色和聪慧，但她有不俗的气质和才华。随着传言的沸沸扬扬，一些"苍蝇"猛烈地叮上来。一开始她很气愤，但随着和丈夫的决裂，她只要需要，就像打的一样，一招手就会有人出现在她面前。

身体开始对她抗议时，她没往心里去，可是，身体现在几乎天天向她示威，她只好来到医院。大夫说："子宫癌晚期。"

从此，她戒了笑。

生活重新回到起点，那个她最厌倦的人——她的丈夫，天天提醒她又花了多少钱，总是一副"你怎么还不死"的着急模样。她的空虚，男人们填补不了；她的病痛，男人们拯救不了。死水中那一点点时隐时现的微澜，如今都成了丑陋的回忆。她听到有人说："这种病都是因为不检点得的。"她觉得死水的水位又升高了，因为热心的人们在不断捐献唾液，而她不想再对这个世界喊救命。借口睡不着觉，她偷攒了好多安眠药，估计够了，她给儿子写下一句话：妈妈已不能再为你做什么了，珍重，宝贝儿。别担心妈妈，天堂里一定是丰富多彩波澜壮阔的。

从此，她戒了生命。

◀ 邻居大哥

　　我是准备好了三鞠躬和眼泪去对门的，向嫂子告个别，也安慰一下才五十多岁就成了鳏夫的大哥。

　　大哥应该行三，曾听嫂子叫过他老三。大哥个子不高，长相不佳，腰背不直，眼神不明亮，基本上算是个丑人，只因他性格太过乐观，就给人一种很帅气的感觉。难怪那么漂亮又能干的嫂子肯嫁他。

　　他特别爱笑，嘴巴也大，笑起来满脸是嘴。最让人惊奇的是，他每天晚上七点多掂着个录音机到楼下小广场跳舞，就一个人跳。我见过他跳舞的样子，张牙舞爪，一点儿都不好看。我问他为什么不到萧何广场同一群人跳，他说，看不上。他跳舞并不是因为平时缺乏锻炼，要知道，跟着建筑队当杂工很累的，在楼道里看到的他，多是一身脏得看不清颜色的衣服。

　　真正和大哥打交道只有两次。一次是修房子，需要借工具，大哥把全部家当都拿出来让我们挑，还把小推车主动借我们用；一次是修水管，找不到维修工，水一个劲往外喷，只好敲大哥家门，

一场南辕北辙的爱

他过来拧了好半天才解决问题，直拧出一脑门的汗。

这么一位乐观、热心又多面手的大哥，却中年丧妻，人生大不幸啊，我想着过去后要怎样劝慰悲伤中的大哥，怎样关心一下嫂子身后两个年龄比我小好多的孩子。还不能太过煽情，免得让人家跟着哭坏身体。怀着忐忑的心情，我们来到大哥门前。

敲了敲敞着的门，我的泪先下来了，嫂子还这么年轻，怎能说走就走？伴随一声，谁啊？我和爱人走了进去。如果没听错，好像刚才从屋里传出了说话声，还有笑声，这倒让我瞬间愣怔，我还不能适应亡人之地断了悲伤。竟是真的，首先映入眼帘的就是大哥的笑脸，和平时一样，就好像他正和嫂子吃饭，我去串门那样。还有他女儿的笑脸，很甜美，很自然，一点也不像才没了娘三天的孩子。另外一位胖女人我不认识，大概是她在活跃气氛。他们正吃饭，一桌子饭菜。他们都放下筷子，热情招呼我们。往客厅深处瞅，嫂子微笑着的遗照挂在正中，我刚擦干的眼泪再次外涌，好歹没落下来，大哥一脸灿烂，说，坐坐。然后一指我爱人，他来过了。听语气，就好像我们不是来吊唁的，而是来聊天的。这样一来，不只是我的泪被堵回去了，我的三鞠躬也生生被挡住了，人家都高兴着呢，再说嫂子已化成灰，若非得执意向遗体告别，那不是添堵嘛。我掏出一百块钱递给大哥，说，就是个心意。大哥想拒绝，昨天已拒绝过我爱人一次。我执意给，大哥便招呼儿子女儿，你们记下来，然后问我，写嘛名儿啊？他确实不知道我们是谁，我们也弄不清他姓甚名谁，"对门"两个字，就是我们彼此的昵称。就凭这两个字，大哥一次次帮忙。我问大哥，有什么需要我们帮忙的吗？大哥豪爽地说，没有。有的话，叫你们。

三说两说，看着他们家饭菜渐凉，拱手告辞。但大哥笑着的样子从此烙在我脑海中，这正是梦想中我走了之后我那些亲人们的样子呀。曹操的儿子曹丕在王粲灵前学驴叫，因为好朋友喜欢听；大孝子阮籍丧母期间照样喝酒吃肉，因为怕妈妈担心。送行，谁说一定得呼天抢地，人前演戏？

感动之余，我很想握住大哥的手说，大哥，谢谢你。

不过，出殡的时候，还是看到了大哥那一脸一脸的老泪，人瘦得快站不住了，大概当时他只想让客厅里的大嫂放心，这个家塌不了，而在诀别的一刻，人彻底崩溃。

更令人难过的是，此后大哥一次没在小广场跳过舞。而且，距离大嫂去世还不到一年，对门再次响起了哀乐声。大哥抑郁而终。

◀ 欢喜西瓜案

一审

"升——堂——"

"威——武——"

县太爷一拍惊堂木:"堂下所跪何人?为何要告西瓜?"

"老爷,民女翠花告的不是西瓜,"然后一指她旁边跪着的书生,"是他。"

"对,是我。"书生红了脸。

"你叫西瓜?"

"我偷西瓜。"

"你偷西瓜?"

"老爷,不是我偷了西瓜,是她告我偷西瓜。"

"那你偷了没有?"

"没有啊。"

"他偷了。"翠花喊道。

县太爷一拍惊堂木:"传物证,待本老爷验过便知。"

"什么物证?"翠花斗胆抬头问道。

"西瓜呀。"

"民女没带。"

"快去拿一个。"

二审

"升——堂——"

"威——武——"

县太爷一拍惊堂木："下面所跪刁民，为何拿物证害本老爷？"

"民女不敢。"翠花吓坏了，慌乱答道。

师爷附在县太爷耳朵上说："撑得慌忍着点儿，不能什么都说。"

"哦，好。"县太爷揉了揉肚子，"堂下二人听好！本老爷验过了，物证很甜、很脆、薄皮、起沙，的确是漫河的。你们起来回家吧。"

"老爷，西瓜当然是漫河的，但我告的是——"

"姑娘，你说西瓜是我的？"书生一脸惊喜。

"谁说是你的了？"翠花白他一眼。

"在下就是漫河呀，姓宋名漫河。"

"真不害臊！"

县太爷一拍惊堂木："大胆刁民，竟敢无视本老爷存在，公然在大堂上打情骂俏，拖下去，各拔十根头发。"

师爷及时阻止："老爷，你不能因为你是秃子，就恨所有有头发的人。"

"好吧好吧，传小偷！"县太爷一声令下，被压上一个尖嘴猴腮的人来。

"小偷？"堂下二人齐叫。县太爷扬扬得意。

"泼猴！说！为何偷翠花家西瓜？"

"我其实更想偷人。"

"拉下去，斩喽！"

师爷再次阻止："重啦！"

"把他头发拔光。"

师爷一乐："我看行。"

三审

"升——堂——"

"威——武——"

县太爷一拍惊堂木："大胆书生，人家偷驴你拔橛，说！你当时干什么去了？"

"家父卧病在床，当晚就想吃一口漫河西瓜，可我没钱，只好画一幅字画，打算到瓜棚换个西瓜。"

"孝子呀！"县太爷眼含热泪。

"大胆翠花！你有眼无珠，诬告好人，说！朕要怎么罚你？"

"大了。"师爷一拉县太爷。

县太爷不服："本老爷叫朕，姓田名朕，怎么啦？"

"好大一棵树，绿色的祝福……这是老爷的主打歌吗？"翠花唱了两句，问道。

"放肆！你不觉得对不住宋漫河吗？"

"我送他西瓜吧。"

"西瓜钱有人给。泼猴，一个西瓜按十块现大洋算，你偷了五个，五十块现大洋，马上赔给宋漫河。"县太爷怒道。

"老爷，这也忒贵了，五十块现大洋能买一万个西瓜。再说该赔给翠花才是呀。"

"你觉得冤？"

"我头发没了……也不冤，我所偷盗钱财能用在救人上，还是大孝之家，值了。"

"那好。宋漫河，老爷我吃了翠花一个西瓜，所以，也赔给你十块现大洋。师爷，拿钱！"

"老爷啊，我宋漫河何德何能……"宋漫河热泪盈眶。

"快拿了钱给老人家看病去吧。"

"谢大老爷，在下告辞。"

"慢着，翠花还没赔你精神损失费呢。"

"什么？老爷，你们把赔我的西瓜钱都给他了，我还赔呀？好，那我供他们爷俩吃一夏天西瓜总行了吧？"

"不行！"

"难道大老爷还想让我赔上瓜地？"

"哈哈，瓜地就算了，宋漫河只知读书，不会种地，故，你赔宋漫河种瓜人吧。"

"这可使不得。"师爷拉县太爷衣袖。

"万万使不得呀，大老爷。我一介穷书生，食不果腹，衣不蔽体，怎好连累人家翠花姑娘？"宋漫河连连摆手。

"怎么使不得？小女子我还就喜欢知书达理之人，如果你不嫌弃，我愿到你家种一辈子西瓜，陪你侍奉老人。"翠花娇羞地说。

县太爷一拍惊堂木："成交！"

"老爷，这不是买卖，这里是公堂。"师爷赶紧提醒。

"对，对。应该是一拜——公——堂——"县太爷刚喊出声，师爷又拉他，"一拜天地，二拜也不是公堂，是高堂，而且也不该在这儿。"

"哈哈哈哈……"县衙里传出动人心弦的笑声。

◀ 半套驴

....

　　天上星月齐鸣，道路很亮，他一路小跑赶到八里外的韩庄社办厂，气喘吁吁地砸铁门，并大声喊着刘师傅，急急地问，我没迟到吧？

　　你个兵蛋子，昨个四点钟到的，今儿倒好，两点半就来了，你到底想干吗？刘师傅打着哈欠骂。

　　对不起啊，家里没表，鸡一叫就走呗，谁知那鸡越来越没个准头。

　　在刘师傅80公分宽单人床上，两人侧身挤着睡下，临到八点，他忙道谢道歉，奔向外皮车间。

　　他是外皮车间二组组长，他认为自己有必要起到模范带头作用，所以总是第一个到，空里帮大伙打水，工作量也从高不从低。他们的工作很累，那时候铁皮材料紧缺，靠砸平拆开的大油桶造保险柜。一张厚厚的铁皮通常曲里拐弯，就靠了一双手，一柄大木槌搞定。尤其严冬，他们身上的汗把棉服都湿透了，可手却冻得红肿流脓。于是，他每天都喊几遍，大伙快歇会儿。

年底了，单位要召开领导班子会，扩大版的，组长以上人员都参加。主持人是上了年纪专门管纪检的金书记。

金书记在会议尾声大声骂道，咱们保险柜厂出来一个半套驴，每天带着他那个班组就知道玩，干不多一会儿就歇着，要是全厂都这么吊儿郎当，还上什么班？干脆回家躺着好了！以为当过兵就了不起啊！我早对宋头说过，当兵的，靠不住！人家哪吃得下咱工人阶级的苦！这次呢也就提个醒，要是死不悔改，就开除！这么大个工厂，不能让你个半套驴搅和坏喽，大伙说是吧？

他能感觉到各色目光正向他扫射，冷热不均，他的脸开始发烫，心却倍感寒凉。不知怎么，一大滴泪掉了下来，砸在左手的伤口上，并向四周的小血口洇过去。这些密密麻麻的伤口，都是砸铁皮留下的，总是旧伤未愈，新伤又至。

他看着这只伤痕累累的手，火一下蹿过头顶，他擦一把泪，猛地站了起来，说，不能散会，我有话说。

整个会议室突然静得可怕，还从来没有下属这么跟领导说话的，他们都习惯相互在背后告黑状。

就三点。一，外皮组的活是最累的，一个劲儿干能累死！往往我让大伙歇着，我这个半套驴可没闲着。二，外皮组的福利是最低的，连腻子组每天都补助半斤粮票，我们才三两，吃不饱再不让歇会，我这个组长看不下去！三，我们外皮二组都是些什么人？两个五十往上的，七八个妇女，外加一个侯瘸子。我就问问你们，这么重的体力活适合老弱病残干不？适合妇女干不？但是我们通过巧妙分工也干了，从来没耽误过事吧？

宋头是在第三天悄悄带人去查的。好家伙，这个组简直疯了，有人报告说，开会后，他们就一锤都没动过。

但是，看着车间外排得山一样高的平铁皮，看着正给大伙边倒水边讲笑话的他，宋头的眼湿了，像是遇到了年轻时的自己。

他知道宋头来过，更知道宋头正为他们的"罢工"头疼。

罢了。从此两人一小组，叮叮当当地敲，累了换下一组。当然不能总这样，到需要干的时候，大伙也会玩着命地完成任务。

我不干！几个月后，面对宋头提拔，他一连说了好几遍这三个字。宋头哭笑不得，别人都是来要官，你倒好，给都不要，真是半套驴！

全体会上，宋头正式任命他为外皮车间主任时说，有人可能质疑为什么会提拔他？因为最近半年老有人告他，就连挨着他们的药铺都不乐意了，骂他们砸铁板弄出的动静太大，天天吵得人家开张药费单子手都哆嗦。台下是一大片笑声。他汇在人群中也忍不住笑了。

他又找了宋头，说，外皮所有人员的补助每天涨到半斤，我就干！

嘀，你小子还来劲了！宋头一乐，行，还有什么条件？一次说。

没了。

还真是个傻小子，宋头又一乐，给，把我这闹钟拿走吧，省得老是天不亮就往厂子里赶。

这是个真事。这人不是别人，是我最亲爱的老爸。后来爸爸凭借自己的才智和干劲，一直升到管理四百多口人的厂长位置。

他只有小学三年级文化，却完全靠自学取得高级经济师职称，并将一个小小的乡镇企业推向农业部和轻工业部双部优宝座上，黑龙港牌保险柜曾经远近闻名。

◀ 智　慧

　　我有两个同学，一个是富翁，另一个也是富翁。

　　我们仨之所以成了铁哥们儿，除了上高中时一起偷过学校种的白菜，还都在大学毕业后相继进京成了北漂。现在我们不叫彼此的名字，我们是这么称呼的，我叫大哥，他们一个叫二哥，一个叫三哥。

　　我这个大哥是最没本事的，到如今还拖着一家老小租房住呢。二哥最能耐，在伟大首都已买两辆轿车，三处豪宅。另外还有数个不清不白的女人来往着。不过他也最抠门，逢着三人聚餐，他从不主动买单。哥们弟兄都要脸，谁也不好意思跟他计较，加上我的经济状况着实让人同情，这样，多数饭费便落在三哥头上。

　　三哥这个富翁是我封的，因为他有房有车，比我强多了。但我知道，他存款并不多。不过站在证券角度，他是绝对的绩优股，前途一片光明。三哥买单其实是一种习惯，从他没车没房时就喜欢往前冲，不过那时是我们俩一起冲锋陷阵，现在成了他一个人的事情。有时我也跟他稍微挣扎几下，但明显抢不过他。

还记得第一次北京相聚忆起往事，三哥说："上学的时候年少无知，竟大半夜爬起来去偷人家老师辛辛苦苦种下的菜，想想都可耻。咱可再不能干那种偷鸡摸狗的事了。"二哥却说："那叫智慧。"他俩一同问我，我含糊地说："那次我可是吓破了胆。"大概这就是差别了。我没胆没识，所以只能打工；三哥注重诚信，财富也只能慢慢积累；二哥呢？崇尚"智慧"，一直在投机，很快暴富。他做油漆生意，不是倒买倒卖那么简单。他买来名牌油漆，趁夜深人静将油漆小心倒出，然后装上质量差很多的杂牌漆，让商家试用。同时在杂牌油漆桶中，倒入名牌油漆，也让商家试用。商家一对比，说这杂牌漆怎么比名牌漆色泽还亮质量还好呀？于是，杂牌漆理所当然被热销，人民币洪水般涌进二哥账户。三哥曾指责二哥说："你就是个骗子！"

"我要是骗子，还跟你们讲这些呀？"

"你只是为了炫耀自作聪明。"

又有大半年没聚了。正想呼朋唤友，想不到从不主动联系的二哥打来电话说："大哥，我被人骗了。"

骗子被骗了？这世界疯了吗？我急忙问怎么回事。

原来二哥别墅区外新开了一家按摩店，设施一流，服务周到，吸引不少腰酸背痛之人，二哥也是其中一个。按摩店生意火爆，乘胜推出一项活动：购卡。卡里预存一万块钱，打九折；两万打八折；五折封顶，五万以上不限。只不过预存得越多，排队时间越短，按摩时间越长。受到这样的诱惑，商家又惜时如金，购卡的人便排成长龙。二哥思来想去，买了十万块钱的，他累得肾坏了，腰老疼。谁知按摩店一夜之间人去楼空，二哥的十万雪花银打了水漂。

我赶紧安慰他说："二哥别急，我这就给三哥打电话，咱仨聚聚，弟兄们一醉解千愁。"

二哥哭了："得了吧，我还动得了吗？早气得输上液了。"也对，他一毛钱都记账，这十万块钱可怎么下账呀？

还是先联系三哥吧。三哥听完我电话，嘟囔一句："报应。"

我说："看在同学一场的份上，咱去看看他吧。"

"不用，他很快就会没事的。"

"你怎么知道？"

"我会帮他的。"

"啊？难道你要给他十万块钱不成？"

"我可没那闲钱。"

"那你怎么帮他？他可是一个唯有见钱才会眼开的家伙。"

"你就瞧好吧。"

果然，当天晚上我就接到二哥的电话，他在电话里兴高采烈地说："大哥你知道吗？我现在心情是特好特好特好。"

"啊？是不是三哥找你了？"

"哈哈，原来你都知道了？这个三哥，一下子买了按摩店十五万块钱的卡，梦想着他那胖老婆快点儿瘦下去，结果让人家坑了，哈哈哈！真是愚不可及呀！我说什么来着，人活着就得靠智慧。"

"智慧？你……"

"不说了不说了。总归，我不是最倒霉的就好，你三哥……你三哥啊哈哈哈哈啊哈哈哈啊哈……"我在这头直担心，他再笑死。

唉，原来还有这样一种方式可以帮到人，我这次真正领略到三哥的风采，善意的骗才是真性情，才是大智慧啊！像二哥……顶多算小聪明，还总是聪明反被聪明误。

◀ 神 医

江员外在大街上溜达，就见一家新开的铺子门前悬挂着"神医"的牌子，不禁眼前一亮。

神医看上去很年轻，这让江员外倒吸一口凉气，能行吗？

说起女儿的病，也治了有十来年了，但好像愈治愈厉害。就因为这倒霉的病，女儿不但老到二十还待字闺中，而且还得了一个"怪病小姐"的称号。

什么怪病呢？就是小姐特爱干净。明明给她雇了丫鬟婆子，可她根本不让人近前。谁若进她屋，她随手拿抹布等着，人家刚一起身，她就擦椅子，人家前脚一抬，她就趴下擦地，擦五六遍。丫鬟婆子端饭来，她用水把碗边洗半天才吃。如果饭里落进苍蝇，她能连胆汁都吐出来。还有洗澡洗脸梳头更衣，她都亲力亲为，不让任何一双手上身，所有的手都包含她无限想象，即各式各样的脏。江员外爱女心切，换了一茬又一茬下人，希望有入女儿眼的，能让她少受点累，但都失败了。尤其最近，女儿一天脸洗六回，澡泡三次，衣服更是换得快，洗得勤。下人禀报说："今天给小

一场南辕北辙的爱

姐送饭，小姐又命我脱衣服了。"江员外简直怒不可遏，家门不幸哪，自己的闺女放着好好的大小姐不当，竟给下人们洗起衣服来了。外边已把女儿传成妖怪，再这样下去，怕是自己的宝贝闺女永远也嫁不出去了。

神医一笑："好治。"

江员外慌忙作揖："若治好，必有重谢。"

"不过我得随员外走一趟。"

江员外慌忙带路。

江小姐很漂亮，也爱笑，只是别人家的小姐手里拿的手绢，她掂着一大块抹布。

神医偷偷地笑了，对江员外说："员外若信得过我，容我单独和小姐说两句话，保证对病有好处。"

江员外有所犹豫，把如花的女儿放给一个陌生男子，多少让人担心。又想，女儿已然这样了，连个提亲的都没有，还有什么不放心的。然后喝令家奴一并退下。

大约一盏茶工夫，就听女儿一声惨叫，江员外一个箭步冲了进去。

眼前的景象让江员外惊呆了，神医正紧紧攥着女儿的手包扎，没包上的几根手指头还嘀嗒血呢。

"你做什么？"江员外怒吼。

"治病。"

"岂有此理？！来人！给我轰出去！"

"包完就走，不劳您大驾。不过特嘱一二，小姐之手一月内不许动水。我带了酒，每天来上点儿，切记！"

神医走了。江员外指着女儿大骂："你看不出这是江湖骗子吗？"

女儿一笑："爹，这可是您带来的。"

"你。"江员外气到无语。

"就信他吧，我累了，爹。"是啊，女儿又有多少无奈。

一个月后，江员外风风火火赶到神医铺子。

"神医啊！小女病好了，谢谢大恩大德。"江员外泣泪交加。

神医一笑："意料之中，不足为谢。"

"那哪儿行？"

"不如……嫁我可好？"

江员外大吃一惊。又想，女儿和神医在闺房的事也被传得沸沸扬扬了，谁还肯要女儿？也罢，这小子看上去眉清目秀，女儿好歹有个归宿。

后来方知，神医乃本县首富康百万之子康明。江员外激动地握着康百万的手，老泪纵横。康百万却一个劲道歉："亲家呀，哪来的神医？咱家就光趁神酒——康百万酒啊哈哈。其实犬子就是个卖酒的，他真不该背着我挂什么'神医酒家'的牌子。"

"什么？我没看到后边两字呀，哈哈，看来这就是缘分呀。"

"哈哈是呢。不过这酒的确有药效，比药对人体还好。"

洞房中，江小姐问康明，你怎么那么有把握治好我的病呢？

一个月不让你动水，若再不让人近前，你还不得臭了？

可你说放血是为了去邪气。

哈哈，骗你的，纯粹是为了把你那两只手捆起来。

你坏！你娶我是不是也在行骗？

绝对不是。就凭我爹一世英名，他儿子岂能沦为骗子？

那为什么别人都不肯要我，你却娶了我？

那只能说明你骗了我呀哈哈。不逗了，实话跟你说吧，娶你是因为……因为你郎君我也是洁癖啊。

那你还不直接娶，还治什么病？

病一定得治。你干净得也太离谱了，若不治，我娶你何用？相当于抬回一尊可远观而不可那什么的神。

去你的，你不也洁癖吗？

我轻多了。正好，你也没全好，绝配！

你还有那天带给我的酒吗？感觉特好喝。

什么？你喝了？

对呀，不是你让我每天来点儿吗？

我让你涂伤口消炎用的。

啊？天哪！

哈，不过这酒正是咱家祖传秘方配制，非常好喝，你爱喝也属正常。不如，我们今夜对酒当歌可好？

好啊好啊。

洞房里很快传出碰杯声和欢笑声。

◀ 父老乡亲

　　父亲总说："父老乡亲最讲良心，你对他好，他就对你好。"

　　14岁的我没理由不信，每当父亲穿过长长的村街，都有不同的笑脸和招呼迎着。我跟着父亲一路威风。

　　可是这天，家里忽然闯入四五个年轻人，不由分说，砸了我们家所有能砸的东西，弄出去四五推车书当众烧毁，并把我一向视为天的父亲五花大绑带走了。

　　这四五个年轻人，分别是谁家的孩子，我都知道。惊恐中想起，其中一个得小儿麻痹，还是父亲医好的。听父亲讲，当时这个孩子的母亲都跪下了，说等孩子大了，让他当牛做马报答父亲。如今，这孩子是来报答父亲了吗？母亲已哭昏过去三次。每次醒来，都不忘骂上一句："10年义诊哪！一群白眼狼！"

　　其实父亲不是大夫，是村里的临时教师，挣微薄工资，养大小六口。可父亲喜欢钻研医术，村里好多病人找他开方子。母亲建议多少收些钱，父亲说，乡亲们终归日子不行，没钱找大夫才来找咱。再说我只是出出主意，又不卖药。母亲便急了："咱担得风险呢？你可不是国家承认的大夫。万一有人告你，咱一家人还能不能活了？"父亲自信地笑了："不会不会，父老乡亲最讲良心，你对他好，他就对你好。""村医呢？"母亲紧咬着不放。父亲不作声了。

半夜父亲被送回来的时候，我和母亲都吓坏了，一向注重仪表的父亲，头发被剃得一块一块的。我赶紧把家里唯一的镜子藏了起来。

母亲说："还没吃饭吧？我给你弄点儿吃的。"

我和母亲也没吃，粮食都让人抢光了，好在挂在房顶上的篮子里有半块窝头，中午母亲说我长身体呢，紧着我吃。

母亲还在绝望地翻腾，明知什么都没了，却不忍心告诉父亲。我庆幸那半块窝头还藏在上衣口袋里，那是我偷偷留给父亲的。我激动又小心地把手伸进兜中，却一下愣住，忍不住"哇"一声哭了。我抓出一把碎玉米渣来。

"你没吃呀，妮？"母亲竟一脸惊喜。

父亲一把将我搂进怀里。

母亲的怨恨又上来了："看看那些来抄家的，哪个不是你口口声声最讲良心的父老乡亲！"

父亲叹息一声说："几个毛孩子受了煽动，不作数的。"

正这时有人敲门。我们一家人你看我，我看你，半天没敢动弹。等母亲借着惨白的月光壮着胆子拉开门闩，眼前的一幕让我们惊呆了——门口放着三大块冒热气的烤红薯，还有从我们家抢走的半布袋粮食。

父亲一时喜极而泣，一个劲儿说："看看，看看……"

那是 1968 年冬天，北方的天气很冷了。父亲白天上工干活，晚上思想改造。当父亲被安排驯服队上谁也驾驭不了的一匹马时，看牲口棚的史爷爷气得直骂："这些个王八蛋，哪个没受过你郭大夫恩惠！丧良心……"

父亲什么都没说，转身进了牲口棚。泥一样的粪便使得棚内阴暗潮湿，臭气熏天。父亲拿出教学生的耐心跟牲口说话，帮马梳头洗澡，喂马新鲜干净的草……渐渐地，烈马不烈了。

有些老人开始四处传播，说父亲是一个连马都服气的人物，分明有神助。这样的渲染很快吓住了个别想往死里整父亲的人，同时也给了那些不想批斗父亲的人一个借口。

就是挨斗，也有人提前通风报信：穿暖和点儿，晚上有会。走在路上，押解他的人，总是催他走慢点儿，慢点儿就可以少斗会儿。真正斗到父亲头上，也总有人得了家里吩咐，懂得手下留情。

于是，不知道是谁，向上头打小报告，说村里的批斗小组不敢对父亲这个大右派下手，肯定有猫腻。上面闻讯派人来现场督阵。

那天，停止一切生产活动，只为批斗父亲。批斗现场挤满了父老乡亲，连外村都来了不少人。

高高的废旧戏台子上，一头乱发的父亲跪在凛冽的寒风中。一个看上去流里流气的年轻人拿着喇叭喊话，喊累了冲捆得像粽子一样的父亲狠狠地踹上一脚。

我在台下凄厉地叫了声爸爸。那个一脸流氓相的人竟举起了鞭子。眼看着蛇一样的鞭子就要落在父亲消瘦的背上，母亲一下子抱住我的头，我痛哭失声。

正当我们娘俩惊慌失措，人群混乱起来，就见我们村几个中年男人一起冲到了台子上，他们紧紧地护着父亲，大喊："看他奶奶的谁敢胡来！"

更多的人涌了上去。我惊讶地发现，涌上去的人中，有平日胆小的老杨大娘，寡言不语的小青姑，还有外村人。

是啊，外村人找父亲看病，父亲不也没收过钱嘛。这就是父亲常讲的良心吧。这些父亲口中的父老乡亲，如今正勇敢地同他这个罪人站在一起。尤其几位白发老者，自己都是站不稳的年纪，却不要命地举起拐杖，去挡住上前揪扯父亲的人。我看到父亲落泪了，面上温厚，骨子里却最最硬气的父亲，此前从未在批斗会上流过一滴泪呵。

批斗大会不得不狼狈结束。

住在牲口棚里的父亲，不久染上了风湿性牛皮癣，一闹天奇痒难忍。

史爷爷心疼地落下老泪："那年闹瘟疫，要不是你，半拉村子的人就没了……"说着，把自己身子底下的羊皮褥子抽出来，硬塞给父亲。

父亲出事后，一分钱挣不到了，全家人吃了上顿没下顿。可在最晦暗的日子里，门底下时不时有人塞吃的，一盆面条，几个饼子，两棵白菜，有时竟还有肉……那都是多少人从牙缝里挤出来的呀。

住在牲口棚里的父亲仍偷偷给人开方子。母亲看到那些偷放在门口的粮食衣物，只好叹息一声。

多少年过去，一首歌悄然流行，那就是《父老乡亲》。每当听这首歌，我都会流泪。

父亲越来越老了，却坚持行医。母亲已逝。我在远方。帮父亲找了年轻助手。前些日子，助手来电话哭着说："大姐，老爷子天天凌晨三点起床，写书，整理教材，给他的学生开公益课，这都大半年了，我劝他先别给人看病了，他犟得很，半夜有人敲门都出诊，也不看看自个的年纪自个的身体，这样下去，早晚累……"

那个字她没说，不想几天后成了事实。

我从来不知道，一个农民的葬礼竟如此隆重。方圆多少里的村子都空了，人们哭着涌来，送父亲最后一程。他的爱徒，也从山南海北赶来，痴望着师父遗像长跪不起。那天，雪一直纷乱地下，远远看上去，整个大地都在披麻戴孝。

追悼会上，主持人的悼词没念完，哽咽的无法继续了，他儿子少时曾被医院判了"死刑"，非让父亲死马当活马医，结果这个儿子不但被救活了，还于去年考上了清华大学。

一位外地老者过来磕头。老者是山西人，地道的农民，为女儿治病花光了积蓄也没能治好，走投无路找到父亲，说还剩几百块钱，能不能先欠着先救人。父亲分文没收，亲自熬了大半年药，救了他的独苗。我走过去握住老人的手："这么远，不必来的。"他老泪纵横："这算什么话，闺女！俺把话撂这儿，以后郭老忌日俺年年来，如果哪个忌日俺不来了，就是俺不在了。"

这一刻，我替父亲值了。

年幼的小孙女指着黑压压的人群问："奶奶，这些哭老姥爷的人是谁们呀？"

"父老乡亲，"我说，"父老乡亲最讲良心，你对他好，他就对你好。"一如父亲当年的口气。

◀ 枪 神
·················

　　1942年秋，日本鬼子就像秋后的蚂蚱。这一年，冀中南地区死于小日本之手的八路军战士数不胜数。在武邑县，有一位被称为"枪神"的八路军队长张准，成了各个炮楼的眼中钉肉中刺，日伪军一想起他来就睡不着觉，谁也不敢肯定哪天就得死在这个才二十一岁的共匪手里呀，太他妈吓人了。

　　关于张准的传说好多，越传越神，有点像现在我们看到的《地下交通站》里的石青山，光名字就让鬼子汉奸坐卧不宁。

　　实际上张准只是小时候喜欢逮蚊子，先是右手，后是左手，后来用筷子，双手飞筷，左右开弓一逮一个准，免去全家年年夏秋之季挂蚊帐的憋闷之苦。

　　张准还喜欢玩弹弓。别人射麻雀，射兔子，他射苍蝇。

　　他从不厚此薄彼，连吃饭都是左手一顿，右手一顿，感动得左手往往比右手还要听话，还要得心应手。

　　他参军时十七岁，可令六区区长感到惊讶的是，从没摸过枪的张准，就像摸过十几年的枪。区长如获至宝，一激动大叫，小张准，你真十七吗？你他娘的真是十七吗？

一场南辕北辙的爱

172

张准因双手使枪，枪法又准，屡立战功屡得表彰，很快提升为公安队队长。可他一点不满足，每天第一个起床，最后一个睡下。区长看他两手裂着口子，磨出茧子，心疼地命令他养精蓄锐，他偏不，拧着浓眉，眯着豹眼，盯着远处树上的一只蚂蚁看，要么将自己关进一间小屋，两眼追着麻雀飞。为了加强臂力，部队上的重活，张准总抢着干，劈柴、担水、打坯、挖地道、埋地雷。针线活都干，说是手指头灵活柔韧有助于射击。

他这套本事谁也学不来，大家只有羡慕的份儿，慢慢地，他成了枪神。都说他有第三只眼，任何一个方向飞来的子弹他都能看见，身子一躲，两胳膊一抬，敌人死伤一片，他毫发无损。

最神奇的一次，一对三十六。三十六个日伪军将他包围，在石海坡村的九龙口道沟里。张准见周围没百姓，便以闪电战术放开了打。说来奇怪，敌人的子弹一到张准跟前就歪了，怂了。张准则像一位魔术师，双臂潇洒指挥，子弹对号入座。战斗以敌方死掉三十六人告终，也以"枪神不死"的传说惹下祸根。

部队内部出现了叛徒。爱独来独往的张准很快暴露行踪。那是审坡南端一条白沙土路，张准去执行一项秘密任务。忽然，他闻见了鬼子的味道。

好在不远处是一片玉米地。秸秆很高很密，挤在一起像一片小树林，钻进去凭自己的身手，定让鬼子颗粒无收。

张准身轻如燕，飞起双脚，迅速闪进"密林"深处。

瞬间，他愣住了，密密麻麻，那是多少百姓呀？都用惊恐的目光盯着他。

怎么办?

透过青纱帐隐隐的缝隙,眼看着黑压压的豺狼朝这里涌来,来不及多想,他以极快的语速轻声命令,老乡们都别动!然后飞身出林,向着白沙土路拼命奔跑,尽量将敌人引到远一些的地方,再远一些的地方。

日伪军的坦克追上来了,摩托车、大洋马追上来了,后边还跑着一群狗一样的汉奸。枪炮声稍顿,一个鬼子高叫着,死啦死啦地!张准知道这回凶多吉少,以前鬼子都是命令活捉。

张准还在跑,边跑边回头打。他想再找片庄稼地,就这么不凑巧,越往前,越荒凉,哪怕一棵树也好,没有。张准在一个生满蒺藜的浅坡前趴下,略作掩护吧,不然还能怎么办?当鬼子带着队伍小心翼翼靠近的时候,他投出仅有的两颗手榴弹,一跃而起,挥起双枪连击,在打死大概百十位日伪军后,身中数弹,倒地而亡。

区长在赶来支援的路上遭遇了埋伏。当他跪倒在张准面前大哭时,远处的庄稼地里涌出一大片百姓。

你他娘的不是枪神吗?啊?不死的枪神啊!区长搂着张准心疼不已,眼泪不止。

很快,日本鬼子用传单在全县广而告之:共匪所谓的"不死的枪神"张准被我大日本皇军打死了!死有余辜!在我大日本帝国面前,你们中国人都是支那猪……他们觉得再无后顾之忧,于是推杯换盏,大肆庆祝,商量着以更加恶毒的方式对付中国人。

从庄稼地里走出来的众乡亲,年轻点的,参军了,年老些的,动员儿女参军了。

在这些人带动下，越来越多的父老乡亲走上抗战道路。

张准墓碑上是区长亲笔写下的几个大字：革命英烈张准，永远不死的枪神！

◀ 贾三虎

十来个妇女或站或蹲在地头，说是等"老板"，比泥土还黑的贾三虎倒剪双手向她们走来。妇女们停止了唠嗑，大鸭子似的冲贾三虎叫着闹着，笑成一团。贾三虎嘴一抖眼一抖，也咧开嘴笑了，满口黄牙。我问谁是老板，妇女们七嘴八舌地说："大棚的主人呀。我们是外村的，到这村打工来了。"我偷眼看贾三虎，他的嘴一抖眼一抖。

贾三虎给贾寺院村当了八年的支书，90户的村庄，培养出60个棚户，他自己是第一个筑棚的人，如今连租带种十好几个，算得上地主级别了。可他一身脏旧衣衫，看上去纯粹就是个扛活的。果然旁边就有上年纪的妇女笑骂："看你这个样儿，不知谁瞎了眼，选你当村支书。"口气里没有不满和嘲笑，全是亲昵和关爱。

2008年之前，贾三虎是腰缠万贯的乡镇企业老板。忽然，包片干部来了又来，接连五次，都是一个事，请他回村当村支书。他的父亲当了一辈子村支书，总结说："当官就发不了财，想发财就别当官。"他想发财，不想像父亲那样一辈子当个穷村官。可是……他日子好过了，全村人的生活还不如意。道上到处是坑，雨雪一来，遍地泥泞，别说车了，人走着走着就会栽跟头。唯一的井成了废井，浇地先不论，吃水都得到外村求，甚至跑到镇政府取。镇领导愁得没招了，命令包片干部必须找一个得力干将，扭转贾寺院村现状。贾三虎临危受命。

修路数条，打井八眼，筑棚155个，是贾三虎上任以来的三把烈火。上一任村支书丁秀华说："别看三虎比我小，啥事都看得透，我就信他。当初筑棚，没人响应，我是第一个跟着他筑棚的人。头年挣了两万，赶紧把在外打工的俩儿子叫了回来，受那罪呢，家门口守着就来钱了，比打工挣得还多，一家人在一起多好。"难怪贾寺院村不空心，一派繁荣景象。

筑大棚看上去没什么，几根棍一支，弄张塑料布一盖，齐活。实则不然。要种，要卖，需要资金、技术，需要信息、管理。贾三虎都包了。没钱的他垫，不会的他教。他利用合作社和农村电商搭建购销平台，还建了大型冷库作为百姓地头上的固定销售点。都说老婆孩子热炕头，他却连支部都搬到了村外的棚区，为了带领乡亲们致富，他以棚为家，豁出去了。

"三歪，小心别把人家镜头给憋喽。"一位庄稼老汉笑道。三歪？怪不得他走到哪儿，哪儿都像个坡。原来是他脖子歪，造成大脑袋长期躺着的姿势。管井的王兰华正好路过，悄声跟我说："甭看俺支书脑瓜子歪歪，心眼不歪歪。一村人的事，大事小情他都操心，谁找他他都管。"

一抬头，兴彪合作社脱贫产业园中的"兴彪"二字让人感觉挺"虎"的。原来是百姓们帮着取的，说彪就是三虎，三虎兴了，他们都兴了。果然，个子不高的三虎兴了，大家都跟着"彪悍"起来。

我问年近 54 岁的贾三虎最后一个问题："期间遇到过什么难处没有？"他斩钉截铁地说："没有！"我说不可能，钱的人的，尤其全村三四百人，不可能没遇到过"坎儿"。比如筑大棚吧，乡亲们凭什么信你？他吸了口烟，看我一眼，嘴一抖眼一抖说："你不花老百姓的钱，不沾老百姓的光，他们就信你呗。"

这么简单吗？也许日子就是这么简单，是我们人为复杂化了。采访结束，我们要走了，地头上的妇女们还在叽叽喳喳等她们不靠谱的"老板"。看她们如此闲散，我问她们："你们为什么不自己筑个大棚？"她们嬉闹的眼神瞬间暗淡了："俺们村可没人操心这个。"

有人来叫三虎，说招商的找他，盖公章的找他，好几个人在找他。他冲我嘴一抖眼一抖，歉疚地笑了笑，离开了。看着他躺着的脑袋一点点晃远，忽然觉得，也许不是他脖子歪，而是整个大地都在为之倾倒。

◀ 不留作业的老师

初二 1 班才开课两个多月，学生们就已经头昏脑胀了，每天晚上的作业都得写到 12 点，有拖延症的凌晨 1 点也写不完。家长们呢，家长群里别看异口同声道着，老师辛苦了！其实背地里乱都骂街，因为老师留的作业多数需要家长配合、辅导、监督、修改……总之，家长们白天忙于工作，晚上还要"上半宿的晚自习"，苦不堪言。就是在这种情况下，班主任还累病了，不知道她累个什么劲儿？莫非是办班累的？为了挣钱，她在补习班上讲的内容尽量不在课堂上讲，这样一来，不报班的孩子自然学不会。可报班，就苦了家长了，放学时从单位到学校接了孩子往补习班赶，晚上九点左右又匆匆到补习班接孩子回家。

接替班主任工作的是新分配来的硕士生王英英。王英英对作业轰炸甚是反感，所以召开家长会征求意见，打算取消作业。家长们见自己可以解绑，立刻举双手赞成。王英英又征求孩子们的意见，班长刘鹏带头鼓掌。但王英英同孩子们约法三章：不留作业不代表没作业，查漏补缺，每个人学会预习和复习；晚上放学后必须在家自习；夜里十点必须休息。

班主任同各门任课老师也做了沟通。老师们纷纷不满，说这不是瞎胡闹嘛。

很快期中考试到了，王英英希望孩子们争一口气，毕竟自己带的这个班曾在十个普通班中排名第一，火箭班、实验班咱不比，人家都不用参加年级排名，但普通班的霸气必须在。

结果孩子们考了年级倒数第一。这下学校炸了。校领导挨个找王英英训。家长群也炸了，不敢明说，发一堆唉声叹气和流泪表情。

刘鹏打水路过年级主任办公室，正看见王英英哭，隔着窗子，年级主任劈头盖脸地骂："你以为你是谁？学校几十年的教学经验，一是作业，二是家长，不充分利用好这两样武器，打仗就靠你这样的呀？等死吧你！回去马上写检查，另外别忘了留作业，要加大作业量，不然这拨孩子非毁在你手上！"

"能不能过段时间……"

"不行！"

"孩子们太辛苦了。"

"孩子懂什么？他们是不识可怜的！你心疼他们，他们心疼你吗？"

"这样行不行主任？检查我做，作业先不留，如果期末考试还不行，来年下半学期我们加倍补上。"

"你拿什么补！你可真是幼稚！学校可不是你做试验的地方！"

"可孩子们休息不好，第二天能学进去吗？"

"别跟我讲大道理！我只认成绩！成绩！成绩！成绩你懂吗？成绩就是学校和孩子们的命根子呀！出去！"年级主任的脸色已经黑里透着蓝了。

刘鹏紧跑两步，回到班里，一五一十把情况告诉了同学们。有些同学听着听着哭了。

刘鹏说："咱光哭不顶事，怎么着才能对得起王老师呢？"

同学们七嘴八舌，这个说："我怎么就管不住自己呢？"

那个说："哎呀我太贪玩了。"

刘鹏提议："实在不行就让王老师给咱留作业吧，狠狠地留！"说着，掉下泪来。

王英英在家长群道了歉，又找各科老师道歉，然后跟同学们道歉。她在班里这一道歉，连平时不爱哭的同学也哭上了。

刘鹏站起来说："老师，您没错，错的是我们，我们太辜负您对我们的信任了，所以，您留作业吧，多少我们都同意。"

"对！"同学们异口同声。

王英英愣了好半天，忽然笑了："同学们，凭今儿这态度，不愁咱学不好！老师愿意再相信你们一回，你们愿意再相信你们自个一回吗？"

"愿意——！"

一晃期末考试到了。成绩出来，初二1班还是倒数第一。

各科老师气得简直快炸了，说这个王英英脑子有病，能得不行，求着我们不让留作业，这下好了。

家长群胆大的也不再客气："李老师带咱这班的时候，可是年级第一啊。"

"就是就是。"一群家长响应。家长们开始怀念留作业上补习班的日子，于是找学校要求换班主任。

就换了。

初二1班的孩子们一听，全不干了，一个个联名上书，派刘鹏几个班干部当代表，找年级主任找校长求情。

学校死不改口。

孩子们开始在操场静坐，谁劝也不走。

最后没办法了，校长亲自前来解决问题。刘鹏哭着对校长说："如果我们班下次考试夺回年级第一，能不能让王老师继续当我们班主任？"

校长就作了让步："寒假一回来马上考，如果你们得回第一，王英英就还是你们班主任。"

刘鹏把消息带回班级，教室里一片沸腾。可怎样把成绩快速提上去呢？商量来商量去，全班不放假了，不过这个年了，成立互助学习组，一带一，拼着每个人掉下来十斤肉，也要把王老师留下。

学校支持，还第一时间帮着把王老师教的数学课找了"专家"，留了微信号，学生有难题，马上答疑解惑；家长表示理解，组织全群集资，家长代表负责好后勤保障工作；各科老师都被孩子们感动了，网上不断互动指导。

寒假后的考试，初二1班果然不负众望，再次摘下了普通班的桂冠。班内外一片欢呼。

只是极少人知道，换班主任是王英英主动提出的，她说她相信她的孩子们会"救"她。实际上她一直住在学校附近的出租屋里，那个数学"专家"就是她呀。

◀ 张蛋家

一只鸡撕心裂肺地叫着从院墙头上跳到我们家的时候，一个女人尖酸刻薄的骂声也随着鸡飞了过来："让你他妈到处发浪！哪个他妈不要脸的偷了俺的鸡蛋？小心噎食，小心一家子吃死！小心他妈吃到肚子里都变成屎！"真是骂神经了，最后一句险些把我乐死，你他娘的鸡蛋吃到肚子里不变成屎呀？

我跑到屋子里对择菜的娘说："娘你快听，张蛋家又骂街呢。"

娘侧着耳朵听了听说："我叫你割的草呢？"

我嘟着嘴找筐去了。

等我从地里回来，天快要黑了，远远地，看见了村子里的炊烟，一阵兴奋，开始小跑，想不到，远远地，听到张蛋家还在高低起伏地骂着。哈，这个傻老娘们儿，可真不嫌累。

我顾不上多看几眼骑在墙头上边纳鞋底边流利骂街的张蛋家，我饿了，得赶紧摸个玉米饼子吃。再说张蛋家老这么骂，我早看够了。

屋子里梨花婶正同娘说话。我吃着饼子就听梨花婶说："才

一场南辕北辙的爱

184

从局子里放出来，树嫂你不知道，她胆子可真大，人家在那头拾，她在这头拾，结果走了个脸碰脸。"

我顺嘴问道："拾嘛呀？"

"棉花，"梨花婶见我兴致高，又转头对我说，"就是你们那东邻张蛋家。跑到外村偷东西，让人家捉住，直接送局子里去了。"

"她还偷东西呀？"

"你小孩家知道什么？像她那样的嘛不偷呀，估计连汉……"

"她婶，该吃饭了，要不，你在我家吃？"娘一准是下逐客令了，她一不高兴就爱这么说。有一回娘也是这么对兰大娘说的，兰大娘走后，爹批评她说："给人留点脸。"

梨花婶果然红了脸说："不了不了。"说着风一样离去。

这一天放学回家，我问娘："寡妇是嘛玩意儿？"

娘一惊："听谁说嘛了？"

我看事态不好，便小声说："在村口，一伙小孩儿围着小宝唱的。"

"唱嘛呀？"娘口气缓下来。

"寡妇被咬，生下小宝儿，寡妇养汉，小宝儿完蛋。"我模仿着那些孩子手舞足蹈，看一眼娘，又停了下来。

娘叹息一声说："去，把这些鸡蛋给小宝送去。"娘顺手把手边的半篮子鸡蛋递给我。

"我不——"我反对不是因为心疼鸡蛋，而是因为小宝他娘就是那个张蛋家。

"为嘛？"娘瞪着我问。

"送了，张蛋家会以为咱偷她家的。"

娘一笑说："你又不记得小宝他奶奶给你鸡蛋饼的事儿了？"

每次都这样，哼，我只好不情愿地去。那时，张蛋家还没过门，我还没上学，小宝他奶奶常隔着矮矮的院墙头，轻轻唤一声"砖头——"我便一溜烟跑过去，那里便有一张金灿灿香喷喷的鸡蛋饼等着我。

张蛋家连个笑模样都没有，黑着脸说："快拿走！回去告诉你娘，别动不动就打发一下，弄这没用的没用。"

小宝的奶奶在里屋直喊："砖头，是砖头吗？进来让奶奶看看。"我便钻进奶奶屋，小宝也跟了进来。

奶奶说："砖头又长个了。砖头呀，学习累不累……"

奶奶还是那个心疼我的奶奶呀，不像那个黑心的张蛋家。

在县委宣传部上班的姑姑领着一个扛机器的人来到我们村，说是要报道张蛋家。

娘说："这样的人就该报道。"

爹说："这样的人早该报道。"

哈哈，终于有人出来收拾张蛋家了。我在心里笑出了声。

这笑是由衷的，我烦透了张蛋家。张蛋家昨天还蹲在房顶上骂街呢，说什么谁要是再半夜敲她家门，怎么怎么着。说句心里话，她一骂街我就不舒服，这么近，骂什么都像骂我家。这回好了，姑姑带人来替我们家报仇了。

我是同爹娘一起在那台黑白电视上看的报道，张蛋家很不配合，几次哭得不成样子，说不成句。最后报道是由小宝的奶奶完成的。

奶奶说："我这个儿媳妇呀，简直不是人！"

漂亮！

奶奶又说："她就是神人。大家都喊她张蛋家，都没问过她叫嘛。"说着剧烈地咳嗽起来，"就因她不讲理，俺一村的人都不跟她来往。"

"大娘的话说的是真的吗？"姑姑转头问张蛋家。

张蛋家已控制住眼泪的走势，接过话筒说："嗯。"

"为什么呢？"

"她傻。"奶奶激动地抢答。

奶奶又说："她傻，大家都叫她张蛋家，可张蛋娶她仨月就走了。我那不孝儿走了，她却不肯走，她肚子里有了我张家骨肉，我又瘫了，她就坚持着留了下来，这一留就是六年。六年哪！养孩子，给我看病，任神人也办不到！她一个二十多岁的人，又瘦又小巴，全扛下来了。我知道村里有骂她的，有欺负她的，我也知道有不少好心人偷偷帮她。"

"大娘一提偷偷，我想到件事，不知道该不该问？"

"你是说那回偷东西吧？是真的。那个人是老光棍，想欺负她没欺负成，打了她。她一气之下去偷他家棉花。后来警察没怎么着她，还狠狠地训了那个不要脸的老光棍。"

"大娘，说心里话，嫂子真的不讲理吗？"

"不讲，跟谁都不讲情面，净让人下不来台。"

"为什么？尤其那些帮助你家的，都是好心，怎么就……"

"唉……"

"感觉都有点不近人情了，呵呵。"

"怎么说呢，这孩子死心眼儿。她常跟我说，娘，咬咬牙也别欠人家，咱还不起。咱这样的日子，拿什么还呀？还是谁也不欠得好，都不容易。"说着，老人家泪流满面。

我姑姑也已泪流满面。

电视机前的爹娘都泣不成声了。

张蛋家红着眼埋怨道："娘，咋嘛都说呀？"

奶奶一把抱住张蛋家放声哭道："闺女呀，我的好孩子！这么些年，可苦了你啦，我再不说，就憋屈死你了，我不能把这些话带到大棺材里去呀。"

姑姑流着泪问："嫂子，现在请你郑重地告诉电视机前的观众朋友们，你叫什么名字？"

"张蛋家。"张蛋家擦了擦眼泪，掷地有声。

◀ 修一条通往民心的路

前进村还有最后一条路没修上，简直让包村干部窝火，更让当支书的魏书山愁肠。这个大飞，可拿他怎么办？

大飞还真不是无理取闹，他家有五个猪圈，养着上百头猪，这是三个孩子上学的全部来源。早年大飞觉得种地不上算，还得买种子、化肥、农药，还得缴公粮，加上媳妇就是个病秧子，啥都指望不上，愣是推给了队上。别的村退地是要给村干部送礼的，甚至送礼都退不了，因为没人接收。大飞的地实在找不着人种，魏书山只好累死累活弄着。后来不纳税还有地补粮补了，魏书山提出把地还给大飞，可大飞说什么也不要。他媳妇直骂他勺。大飞靠养猪也能维持生活，问题是，他家院子被猪圈占严实了，就在院外盖了排粪池，为了不让味道熏到乡亲，池子被足够高的围墙挡着，严重影响交通。还有，池子边上一棵千年老槐更是个大问题，大飞逢到节气就到大槐树前祭祖，说这是老祖宗一辈辈传下来的，一家老小全靠了这棵树保佑，必须磕头，上供，不能毁在他手上。

一场南辕北辙的爱

三个包村干部恰逢脱贫攻坚期，村里还躺着一条"旱时一身土、雨时两脚泥"的土路呢，验收过不了关呀。他们就去求魏书山。

魏书山答应帮忙，但魏书山的老婆很生气，自己家里地里忙成个啥了，还有空管别人的事！包村干部一走两清账，咱还得在这村混呢，大飞不恨死你呀！

魏书山一翻身点着根烟，伴着劣质烟的香味和呛味，说，人家又是为了谁呢？这条路，咱村可是祖祖辈辈要走的呀。

天不亮魏书山就起来了。他光着脚，拎着鞋往外走，到下房屋才敢穿上那双跟了自己好几年的旧布鞋，那是老婆一针一线缝的。后来老婆子的手得了腱鞘炎，针线拿不动了。

魏书山扛起一布袋面去了大飞家。大飞媳妇接过面布袋寒暄道，大飞到他姑家走亲去了。魏书山明白，大飞躲啦。

第二天魏书山又扛着一袋子玉米面来到大飞家，大飞还是不在。魏书山也不废话，放下玉米面就走。

第三天魏书山又扛了一袋子花生来到大飞家，大飞还是不在，大飞媳妇不自在地咯咯笑着，又是递烟又是敬茶。魏书山摆摆手，顶着一头白发，驼着个骨头背蹒跚而去。

第四天魏书山扛着半布袋绿豆正想出门，他媳妇拦下了。他媳妇命令他放下，他不放，他媳妇就哭了，说辛辛苦苦的收成是不是都得便宜了外人？

大飞家日子难嘛。魏书山到底没敢走。

俩人僵持着，眼看着太阳快出来了。魏书山的媳妇败下阵来，这是最后一回啊，再这样，俺就不跟你这老赔钱货过了！

魏书山心里一喜，深情地看了媳妇一眼，夺步出门。让他意料不到的是，大飞这回在家呢。他怎么不躲了？魏书山凭直觉大事不妙。

　　原来这些天大飞就在家里，见老支书天天往家跑，有些心疼了，想人家图什么？但自家利益也不容动摇，就决定和老支书好好谈谈，又不是不占理，怕啥？

　　最后谈崩了。粪池子赔偿额高出别人家一倍，大槐树按树价的三倍赔偿，树还归大飞所有，大飞不同意。大飞提出粪池子可以一分钱不要，修路本就是为全村人谋福利嘛，加上老支书平日里没少帮衬他们家，但大槐树就是自个的祖先，谁和他祖宗过不去，相当于刨他们家祖坟。

　　这帽子扣的。魏书山夜里睡不着想起个事，就扒拉媳妇商量，哪想媳妇没听完，骂了个狗血喷头。

　　大飞有个愿望，希望有一套魏书山那样的房子，可……魏书山心痛得不敢想了。

　　魏书山的儿子在工地干活，从脚手架上掉下来摔死了，那年才23岁。一个和儿子关系不错的建筑工人跑来说，墩子生前拼命攒钱，发誓给爹娘盖一所村里最棒的房子，为此，连劣质烟都不抽了，一件衣服不买，有个姑娘追他，他都怕花钱，拒绝了。他说爹娘拉扯他不易，先报答爹娘。说着掏出一千块钱来，这是我一点心意，我和墩子私交最好，他走了，心愿我替他了，大爷大娘，就用工头赔给墩子的钱盖套房吧，圆了我兄弟的梦，我老梦见墩子同我说这个事。几个人哭了一回。两个月后，一座阔气的卧砖房就起来了。

魏书山觉得眼痒，一摸，全是泪。难怪老婆子不同意，这是儿子留给他们最后的念想了。可他不光是儿子的父亲，还是全村人的父母官，那条土路就是扎在他心里的刺呀！

儿啊！魏书山看了看墙上儿子的遗照，一股热浪扑腾在胸口。

老婆子呀，对不住了！魏书山又看了看还在打呼噜的媳妇，儿子走后，她老了很多，梦里没少哭。

魏书山抄起双手去了大飞家。大飞一时糊涂，想不出老支书还来干嘛。

魏书山围绕大飞的房子转了两圈。大飞，你这房确实太破了哈。

可不是，夏天漏雨，冬天像冰窖，孩子们生在俺家，可受苦了。不过包村干部也尽力了，俺又够不上贫困户标准，人家还出钱帮着修了修，凑合住吧。

要是……魏书山欲言又止。

魏书山狠了狠心，要是咱两家换房，你能不能把大槐树刨喽？

大飞听傻了，傻了好半天，红了眼，换房子？叔啊，绝对不行！

魏书山长叹一声，好吧。说着起身告辞。

大飞从梦中惊醒，一把扯住魏书山胳膊，叔，俺是说换房不行，咱村人谁不知道，那房是……俺要真那么干了，俺这当哥的还是人吗？说着泪如泉涌。

魏书山也哭了，不是没办法吗？你说你们拉扯着三个孩子也不容易，大槐树又是你的心头肉，可全村人眼巴巴等着呢，大飞，叔能怎么着？

大飞长出一口气说，叔，您这是打俺脸啊！好，俺同意刨树，就冲您，别人怎么赔，俺家怎么赔。多一分俺也不沾。俺年轻力壮的，怎么着不能把日子过下去。

你舍得？魏书山想不到事情进展如此顺利。

……一次次为村里办事，叔吃了多少次亏啦？村里集资打井，您出钱最多；村里盖大棚土地整合，您拿好地换孬地；村里那些上不起学的孩子，看不起病的老人，哪个您少接济了？就拿俺家来说，给粮食，供孩子，您老人家年年接济俺多少？谁心里没个数？凭什么老让您一个人吃亏？要是俺再犟下去，还有脸在村里待呀？

你媳妇愿意吗？

大飞媳妇一掀门帘泪流满面地进了屋，叔，俺都听见了，大飞，咱马上刨树，扒猪粪池子。

魏书山多日来悬着的心终于放下了，这个大飞……四十天后，前进村道路全面硬化。

◀ 可疑的三轮车

1994 年冬天的故城，道路还不像现在这么宽阔平坦，路灯也没几盏。故事偏发生在夜里。

昏暗阴冷的车站，连辆车都看不见。我拖着大包小包，又饿又累又冷，不知道怎么去学校。甚至这个时候，看着车站都是陌生的，明明来这个城市读书一年多了，怎么会这样？对，那个时候连电话都没有，想联系同学都做不到。

平时有小英陪着，路上的事都是她操心，这回她生病了，假条就在我包里，我只好一个人从村到县到市，再到故城这个外县。关键还坐过了站，再返回，已是晚上十点多钟。

忽然，一辆三轮车停在身边，就像天外来车，让我眼前一亮。

"师傅，到职教中心多少钱？"

"五块。"

"什么？平时才两三块呀。"

"白天和晚上不是一个价，另外，这不是下雪了吗？"可不是，雪花正一朵一朵地飞舞。西伯利亚寒风快把我吹瞎了，世界变得纷纷扬扬，也朦朦胧胧。

"五块太贵啦，我只有两块。"其实兜里二百多块钱呢。

师傅犹豫了一下，说："上来吧。"

把行李搬上三轮，我也老实坐好，就听师傅招呼一声："走喽——"

不对，不对不对。我在风雪中大喊："师傅你停下。"

"怎么啦？"

"反啦，方向反啦。"

"没错，你们学校就在前边，我跑三蹦子好几年啦，小县城的路早熟得不能再熟啦。就听我的吧。"

"快停下！不停我跳啦！"

三轮车的突突声慢了下来。

我往身后一指："学校在那边，甭想骗我。"

车夫长得像东北大汉，又高又壮，而且借着微弱的灯光，我看见他眼露凶光，心里顿时怕极了。我口气也软了下来："师傅，您还没吃饭呢吧，我也没吃呢。可我是个穷学生，包里只有我娘烙的两张馅饼，我请您吃馅饼吧。"

他拒绝了，但在方向上依了我。

我有着小小的得逞，哆哆嗦嗦地吃起了馅饼，冰是冰了点，还蛮香的。对于一个特别饥饿的人来说，越饿会越冷，眼下吃点东西还是必要的。不一会儿，我又不安起来，路上的景致看着鬼鬼祟祟，这是去学校的路吗？

可这是我选的，有什么办法？我一边使劲辨别街上偶尔看清的建筑，一边往车边坐，一条腿奋拉到车外，准备随时逃跑。

路过一家亮着灯的商店，店名让我一时忘了险境，高三熏肉？哈，怎么不研究生烤猪？正想乐，忽然发现三轮车上有后视镜，天哪，我的小动作没被他瞧出来吧？为了不打草惊蛇，我又稍微往车里边挪了挪，这样可以理解成刚才颠簸到边上来了。

三轮车重新闯入一片黑暗，左拐弯右拐弯，绕啊绕啊，越来越离谱了，车站到我们学校明明很近的，怎么感觉走了那么久呢。坏了，最近有拐卖妇女的传闻，他不会是个人贩子吧？

许是路面变滑了，车速越来越慢。我正伸着脖子，瞪着近视眼东张西望，就听他说：“快把腿收回去，太危险了。我要是坏人，早出县城了。”

看不清到了什么地方，但他的话还是有道理的，真是坏人，其实一点办法没有，我跑得过他吗？

怎么还不到？怎么还不到啊？我一边心里着急，一边赌他感动于我的馅饼，不做法律不允许的事。虽然他没吃，好歹是我一份心意。

谢天谢地，又过了许久，终于听见他说：“到了，小姑娘。”我像从噩梦中惊醒，看着校园门口那熟悉的一长排枯柳，心一下子落了地，直想哭。

下车的时候，我的腿都麻了，还是司机师傅扶我下来的。

到宿舍说起这事，柳青青惊呼：“东侠，你可是遇见好人啦。”

“全凭智慧。要不是拿馅饼客气一下，他没准真会做出什么事呢。”我人暖和过来了，嘴也见溜。

"算了吧，你个路痴！人家师傅遇见你可是倒血霉了，高三熏肉在咱学校东南方向，车站在北边呀。"

"那又怎样？"

"怎样？还不明白吗？人家为了送你，明明五六里的路，却几乎绕县城一圈，远出去好几十里地。就你那两块钱，油钱都不够啊。"

"那为什么还要送我？"

"还不是怕你一个女孩子，深更半夜出点什么事吗？"柳青青眼含热泪说："……想必这位师傅一定有个你这么大的女儿。"

柳青青才失去父亲，她父亲就是长年跑三轮的。一想到这儿，我紧紧地抱住了她，泪哗哗的。

"你说得对，青青，我遇见好人了。一定是冥冥中有人在保佑你最好的朋友。"

◀ 后 记

我设想着，谁会读这本书，这些随我信马由缰的字，能够到达哪个人的心里。

本来对这些作品作了分类：一、取舍；二、是非；三、恩怨；四、爱恨；五、冷暖；六、成败。

有种把字赶进笼子里的感觉。

还是篇篇平等，自由自在，像在家里般舒服吧。

一本书不就是一个家吗？

在我的家里，段落温暖，句子明亮。

如果你来，我会好字好词招待。

愿我们有缘相见，见字如面。

我已先写为敬。你满上三百页，可好？

醉了也无妨，哭了笑了都无妨，我们的灵魂需要这样一个地方，这样一些时光。

等等从前，遇见自己。